# मिशन IMPOSSIBLE

1 गुफा, 13 चैंपियन &
18 दिन की दिल दहला देनेवाली संघर्षगाथा



रेनू सैनी

प्रभात
पेपरबैक्स
www.prabhatbooks.com

*प्रकाशक*

**प्रभात पेपरबैक्स**

4/19 आसफ अली रोड, नई दिल्ली–110002

फोन : 23289777 • हेल्पलाइन नं. : 7827007777

इ–मेल : prabhatbooks@gmail.com ❖ वेब ठिकाना : www.prabhatbooks.com

*संस्करण*

प्रथम, 2019



*मूल्य*

एक सौ पच्चीस रुपए

अ.मा.पु.स. 978-93-5322-115-7

*मुद्रक*

आर–टेक ऑफसेट प्रिंटर्स, दिल्ली

---

**MISSION IMPOSSIBLE**
*by* Smt. Renu Saini

Published by **PRABHAT PAPERBACKS**
4/19 Asaf Ali Road, New Delhi-110002

ISBN 978-93-5322-115-7

₹ 125.00

फुटबॉल के
उन 13 जाँबाजों को समर्पित,
जिन्होंने मौत को हराकर विश्व के सामने
एक मिसाल रखी।

# आमुख

व्यक्ति पृथ्वी का सबसे बुद्धिमान प्राणी है। उसका मस्तिष्क बेहद संवदेनशील और ताकतवर दोनों है। जब संवेदनशील और ताकतवर एक ही हिस्से में रहते हैं तो या तो वे बहुत मजबूत बन सकते हैं या बहुत कमजोर। कमजोर बनना सदैव सरल होता है। कमजोर का अर्थ केवल हार जाना नहीं होता, बल्कि कमजोर का अर्थ होता है कि हाथ-पर-हाथ रखकर बैठ जाना, आगे बढ़ने से इनकार कर देना, बिना संघर्ष किए ही हार मान लेना। यह बेहद सरल है। अफसोसजनक बात यह है कि अधिकतर लोग संवदेनशील और ताकतवर मस्तिष्क के हिस्से का संवेदनशील भाग अधिक प्रयोग करते हैं, ताकतवर वाले हिस्से का प्रयोग करने से डरते हैं। इसलिए जीवन में अधिकतर हार या असफलता का सामना करना पड़ता है। यदि मस्तिष्क का प्रयोग सदैव सूझबूझ और समझदारी से किया जाए तो व्यक्ति हर स्थिति का सामना कर सकता है और विश्व के सामने बुद्धि एवं मस्तिष्क की अपरीमित ताकत को दिखा सकता है। काइजन दर्शन क़हता है कि किसी आदत, प्रक्रिया या कार्य को बेहतर बनाने के लिए बहुत छोटे कदमों का इस्तेमाल करना चाहिए। बहुत छोटे कदम भी यदि धीरे-धीरे चले जाएँ तो वे हजार मीलों तक की लंबी यात्रा कर लेते हैं। इसी तरह से गुफा में फँसे कोच ने बुद्धिमत्ता का प्रयोग कर अपनी जूनियर टीम को लगातार उत्साहित रखा। उन्होंने ध्यान के माध्यम से प्रत्येक बच्चे को इस बात का अनुभव कराया कि

धैर्य, आत्मविश्वास और संघर्ष से परिपूर्ण छोटे-छोटे कदम मीलों तक पहुँचकर एक दिन इतिहास बन जाते हैं। ऐसा ही इतिहास रचा गया 11 जुलाई, 2018 को। जब लगातार 18 दिनों तक जीवन-मृत्यु के बीच के संघर्ष को पार किया 25 वर्षीय एकापोल च्वानतोंग ने अपनी टीम के साथ। उनकी जूनियर टीम के बच्चों की आयु महज ग्यारह वर्ष से सत्रह वर्ष के बीच थी। कोच एकापोल ने ईमानदारी व अर्थपूर्ण तरीके से मुसीबत के समय कार्य को करना जारी रखा, उन्होंने हाथ पर हाथ रखकर मृत्यु का इंतजार करने के बजाय धीमे-धीमे चलना जारी रखकर जीवन की उम्मीद को जीवित रखा। ऐसा करके उन्होंने अपना सर्वोत्तम प्रयास करके दिखाया और उसमें पूरी तरह सफलता पाई। उन्होंने न स्वयं को, बल्कि अपनी टीम के सभी बारह बच्चों को ऐसी स्थितियों में जीवित रखा, जब जीवन की लगभग सभी सुविधाएँ उनसे बहुत दूर हो चुकी थीं। न उनके पास खाने को भोजन था, न सोने को बिस्तर और न ही श्वास लेने के लिए खुला आसमान। अंधकार, सीलन एवं वर्षा के एकत्र पानी ने गुफा को बदबूदार एवं दुर्गम स्थान में परिवर्तित कर दिया था। ऐसी विकट स्थिति में केवल सूझबूझ, बुद्धिमत्ता, हौसले एवं साहस के साथ ही मृत्यु को पराजित किया जा सकता था। जब साहस, बुद्धि, आत्मविश्वास, ईमानदारी, आशा और संघर्ष एक ही मार्ग पर आकर खड़े हो जाते हैं तो बाधा कितनी ही शक्तिशाली क्यों न हो, उसे हटना ही पड़ता है और जीत को आगे आने के लिए रास्ता देना ही पड़ता है।

विकट स्थिति से जूझने के लिए सबसे जरूरी हथियार है वर्तमान में जीना। ऐसी स्थितियों में यदि अतीत या भविष्य पर ध्यान चला जाए और वर्तमान पर से हट जाए तो तुरंत परिस्थितियाँ बदल जाती हैं। अगर कठिन-से-कठिन समय में वर्तमान में मन लगाकर कार्य किया जाए तो व्यक्ति हमेशा सुखी रहता है। ऐसे समय में रेगिस्तान में भी जिंदगी नजर आती है। तूफानी रात में भी आसमान में तारे झिलमिलाते नजर आते हैं

और प्रलय में भी खुशियों को खींचकर बाहर लाना संभव हो पाता है। वर्तमान एक ऐसा समय है, जिसकी लगाम सदैव व्यक्ति के हाथ में होती है। ऐसी स्थिति में उस लगाम को मनचाही दिशा की ओर मोड़ा जा सकता है, तनाव को छोड़ा जा सकता है और हर विशालकाय पर्वत को तोड़ा जा सकता है। पाओलो कोएलो की एक अत्यंत महत्त्वपूर्ण कृति है 'अॅल्केमिस्ट'। इस कृति में बार-बार यह बताया गया है कि "जब तुम वास्तव में कोई वस्तु पाना चाहते हो तो संपूर्ण सृष्टि उसकी प्राप्ति में मदद के लिए तुम्हारे लिए षड्यंत्र रचती है।" यह शत प्रतिशत सत्य है। यह सत्य आप तक आए, इसके लिए जरूरी है कि आपके प्रयास और कार्यों की गति व शुचिता आम लोगों से थोड़ी अधिक हो। जब आप उस स्थिति में पहुँच जाएँगे तो इस बात को बहुत जल्दी समझ जाएँगे कि हर स्थिति में भाग्य केवल आपके कार्यों और प्रयासों का ही परिणाम होता है।

थाईलैंड में स्थित थामलुआंग नैंग नॉन गुफा में जून जुलाई-2018 में घटित घटना ने प्रत्येक व्यक्ति को यह संदेश दिया है कि "जिंदगी उन लोगों के लिए बहुत खूबसूरत और उदार है, जो हर स्थिति में चलना जारी रखते हैं, तूफान का संकेत उन्हें थोड़ा भयभीत अवश्य करता है, लेकिन उनके कदमों का चलना जारी रहता है। जब धीरे-धीरे कदम मंजिल की ओर बढ़ते रहते हैं तो व्यक्ति का आत्मविश्वास और आशा भी बढ़ते रहते हैं।"

थाईलैंड में घटित इस घटना ने मेरे ह्रदय को अंदर तक प्रभावित कर दिया। यह घटना मेरे मन-मस्तिष्क पर इस कदर छा गई कि इसे शब्दों के माध्यम से पुस्तक के रूप में आना ही था। थाईलैंड की घटना ने मेरे स्वयं के व्यक्तित्व को मजबूत, साहसी एवं आत्मविश्वास से परिपूर्ण बनाने में बड़ी भूमिका निभाई है। यदि पाठकों को इसे पढ़कर अपने व्यक्तित्व को मजबूत बनाने में मदद मिलती है तो यह मेरी सबसे बड़ी सफलता होगी। इन्हीं आशाओं के साथ यह पुस्तक पाठकों को सौंप रही हूँ।

# अनुक्रम

# धार्मिकता और प्रकृति का चितेरा : थाईलैंड

विश्व में पृथ्वी पर मानव का आगमन हुए लाखों वर्ष हो चुके हैं। चार्ल्स डॉर्विन ने 'ओरिजन ऑफ स्पीशीज' नामक पुस्तक में मानव के विकास की प्रक्रिया पर विचार लिखे। उन्होंने अपना पूरा जीवन प्राणी जगत् पर शोध करने में बिता दिया और अनेक महत्त्वपूर्ण बातें मनुष्य के सामने रखीं। ऐसा माना जाता है कि केवल वानर ही मनुष्य के पूर्वजों के समीप आ सकते हैं। जैसे-जैसे मुनष्य और समय का कालचक्र आगे बढ़ता रहा, वैसे-वैसे मनुष्य के मन-मस्तिष्क और व्यक्तित्व का विकास भी होता रहा।

नियोलिथिक काल या नव-पाषाण युग मानव प्रौद्योगिकी के विकास की एक अवधि थी। इस युग में जंगली एवं घरेलू फसलों का उपयोग और पालतू जानवरों का इस्तेमाल किया जाने लगा था। फिर, ऐसे ही विकास की प्रक्रिया आगे बढ़ती रही। पहले मानव संकेतों में बातें करता था, फिर धीरे-धीरे लेखन प्रारंभ किया। अनेक युगों से यह बात स्पष्ट हो चुकी है कि शिक्षित न होते हुए भी मानव ने पत्थरों की सहायता से अपने विचारों को दीवारों पर उकेरा। मानव ने देश, काल और परिस्थिति के अनुसार संप्रेषण की भाषा सीखी। विज्ञान प्रगति करता रहा और मानवीयता विकास

की ओर बढ़ती रही। कालखंडों से गुजरती पृथ्वी पर मानव-बिंबों के चिह्न लक्षित होकर निरंतर गतिशीलता और प्रगति की ओर बढ़ते रहे। इस प्रकार, पूरा विश्व लगभग 195 देशों में बँट गया। पूरे विश्व के सात महाद्वीप हैं। ये देश इन्हीं सात महाद्वीपों के अंदर समाए हैं। इन्हीं में से एक खूबसूरत देश है—थाईलैंड। थाईलैंड विश्व के सबसे बड़े महाद्वीप एशिया में बसा हुआ है। एशिया महाद्वीप के अंदर 50 देश बसे हुए हैं। भारत भी उन्हीं में से एक है। थाईलैंड की एक प्रमुख विशेषता यह है कि यह देश भारत से प्राचीन समय से जुड़ा हुआ है। वहाँ के मंदिरों के अवशेष इस बात को पुख्ता करते हैं। थाईलैंड में 'रामायण' का पाठ होता है। वहाँ पर 'रामायण' को 'रामाकिन' नाम से जाना जाता है। 'रामाकिन' थाई भाषा में लिखी हुई है, जिसमें राम के व्यक्तित्व को उजागर किया गया है। 'रामाकिन' को महाग्रंथ का दर्जा प्राप्त है। थाईलैंड का अर्थ होता है—फ्री लैंड। पहले इसे 'श्याम देश' के नाम से जाना जाता था। थाईलैंड के कोने-कोने में दर्शनीय स्थल बसे हुए हैं। यहाँ धार्मिक आस्था इतनी है कि लोगों के घरों और दुकानों के सामने छोटे-छोटे मंदिर बने नजर आते हैं। यहाँ की लगभग 95 प्रतिशत आबादी बौद्ध धर्म को मानती है। यहाँ पर महिलाएँ अभिनंदन के लिए सबातीखा और पुरुष सबातीक्राप का प्रयोग करते हैं। थाईलैंड की राजधानी बैंकॉक का पूरा नाम शायद ही आपने सुना हो। बैंकॉक का पूरा नाम क्रुंग देवमहानगर अमररत्नकोसिंद्र महिंद्रायुध्या महातिलकभव नवरत्नराजधानी पुरीम्य उत्तमराजनिवेशन महास्थान अमरविमान अवतारस्थित्य शक्रदत्तिय विष्णुकर्मप्रसिद्धि। चौंक गए न आप यह नाम सुनकर? जी हाँ, पर बैंकॉक का पूरा नाम यही है। यह नाम संस्कृत और पालि भाषा में है। ये भारत की प्राचीन भाषाएँ हैं। थाईलैंड में फुकेट स्थान बेहद लोकप्रिय है। उसमें फी-फी द्वीप देखने लायक है। यहाँ के समुद्र भी अलौकिक अनुभूति का एहसास कराते हैं। वहाँ पहुँचकर ऐसा प्रतीत होता है मानो किसी रमणीय स्थल में आ गए हों। थाईलैंड क्षेत्रफल के मामले में विश्व का 51वाँ देश

है। यहाँ पर अधिकतर परिवार मिलकर रहते हैं, इसलिए एकल परिवार यहाँ कम देखने को मिलते हैं। एक शताब्दी पहले तक उत्तरी थाईलैंड घने जंगलों से घिरा हुआ था और आज देश के केवल एक-चौथाई हिस्से में जंगल हैं। यहाँ की राष्ट्रीय भाषा थाई है। असंख्य विद्वान् इसे चीनी भाषा का ही एक रूप मानते हैं। थाई की वर्णमाला में 32 स्वर और 44 व्यंजन हैं। यहाँ का राष्ट्रीय पुष्प ऑर्किड है। यहाँ पर ऑर्किड की 1,500 से अधिक प्रजातियाँ पाई जाती हैं।

## थाम लुआंग नेंग नोन गुफा

थाम लुआंग नेंग नोन (स्लीपिंग लेडी की बड़ी गुफा) थाईलैंड के चिआंग राई प्रांत में स्थित है। डोई नेंन नोन श्रृंखला की एक अर्द्धशुष्क चूना पत्थर की गुफा है। यह गुफा लगभग दस किलोमीटर लंबी है। इस गुफा में गहरे कोटरिका, संकीर्ण मार्ग और सुरंगें हैं। वर्षा के दिनों में इस गुफा में पानी भर जाता है। इसलिए मॉनसून के दिनों में यहाँ पर पर्यटकों व आम लोगों का जाना निषेध कर दिया जाता है। यहाँ के पहाड़ी क्षेत्र की

गुफाएँ पर्यटकों को बहुत आकर्षित करती हैं। पहाड़ों के नीचे गुफा है। इसके कुछ रास्ते ऊपर जाते हैं और कुछ नीचे। बारिश में हमेशा इन गुफाओं में पानी भर जाता है और फिर वह पानी सितंबर महीने के अंत तक ही उतरता है।

इस गुफा को लेकर कई तरह की अजीबो-गरीब मान्यताएँ भी फैली हुई हैं। एक लोकप्रिय मिथ इसके नाम को लेकर भी फैला हुआ है। इस गुफा का पूरा नाम 'टैम लोंग खुन नम नांग नोन' है। कहते हैं कि इसका अर्थ 'पर्वत पर सो रही एक महिला की गुफा' से है, जो कि एक नदी का उद्गम स्थल भी है। इसके पीछे एक कहानी बताई जाती है, जो इस प्रकार है—

चियांग रूंग शहर की एक राजकुमारी एक घुड़सवार को बेहद पसंद करती थी। वह उस घुड़सवार से विवाह करना चाहती थी। लेकिन भला एक राजकुमारी का विवाह किसी घुड़सवार से कैसे होता! वह जानती थी कि उसका प्रेम कभी विवाह में नहीं परिणत होगा। इसलिए वह उस घुड़सवार के साथ जीने-मरने का संकल्प लेकर दक्षिणी हिस्से की ओर चली गई। वहाँ पहुँचकर उन दोनों ने विवाह कर लिया। वे दोनों एक पर्वतीय क्षेत्र में रहने लगे। एक दिन घुड़सवार राजकुमारी से बोला कि वह भोजन का इंतजाम करने जा रहा है, इसलिए वह अपना ध्यान रखे। राजकुमारी ने प्रसन्न मन से घुड़सवार को भोजन का प्रबंध करने के लिए भेजा और अपने काम में लग गई। काफी देर तक जब घुड़सवार नहीं लौटा तो वह परेशान हो गई। एक दिन बीता, दो दिन बीते और अनेक दिन बीतते गए; लेकिन घुड़सवार को नहीं लौटना था और वह नहीं लौटा। वह लौटता भी कैसे? इसी बीच राजकुमारी के पिता ने उस घुड़सवार युवक की हत्या जो करवा दी थी। कई दिनों के बाद जाकर राजकुमारी को यह ज्ञात हुआ कि उसके पिता ने उसके पति की हत्या करवा दी है। पति की हत्या की

बात सुनकर राजकुमारी अवाक् रह गई। वह चेतना-शून्य हो गई। उसके मस्तिष्क ने काम करना बंद कर दिया। बदहवास-सी वह रोती, चीखती और तड़पती; लेकिन उन पहाड़ों पर उसकी पीड़ा अडिग खड़े पर्वतों के अलावा सुननेवाला कोई न था। रोते-रोते राजकुमारी का हाथ अपने बालों पर गया और अटक गया। अचानक आँसुओं के बीच उसके माथे पर त्योरियाँ पड़ीं। उसने जल्दी से बालों की अटकने वाली पिन को निकाला और उसे एकटक देखती रही। कुछ देर तक पिन को एकटक देखने के बाद उसने उसे अपने हाथ की कलाई की ओर मोड़ दिया और आँखें बंद कर उसे कलाई पर चुभो दिया। तेज पीड़ा को दाँतों से भींचते हुए उसके प्राण हलक तक सूख गए, रक्त पर्वतों से निकलकर इस तरह बहने लगा मानो वहाँ जल के स्थान पर रक्त का झरना बह रहा हो।

कुछ ही देर में राजकुमारी ने अपने प्राण त्याग दिए। यह किंवदंती चली आ रही है कि राजकुमारी के बहते हुए रक्त से ही नदी का उद्गम हुआ। इसी कारण गुफा का नाम 'टैम लोंग खुन नम नांग नोन' पड़ा। खैर, यह तो एक मिथ है। इसके कोई प्रमाण प्राप्त नहीं हुए। किंवदंतियाँ सदियों से चली आ रही हैं और चलती रहेंगी; लेकिन यह सत्य है कि इस किंवदंती के कारण लोगों में गुफा को लेकर एक भय भी है। इसीलिए पर्यटक अपने मन में भय एवं रोमांच लिये इस गुफा में आते हैं।

## थाम लुआंग नेंग नोन गुफा के अंदर

**23 जून, 2018**

23 जून, 2018 को 'वाइल्ड बोर्स' फुटबॉल टीम का अभ्यास मैच खत्म हो गया। संयोगवश उस दिन पीरापत सोमपिआंगजई का जन्म-दिवस था। उसके जन्म-दिवस पर पार्टी मनाने के लिए थाम लुआंग गुफा स्थल को चुना गया। उनमें से कुछ बच्चे पहले भी थाम लुआंग गुफा में जा

चुके थे तो कुछ बच्चे आज पहली बार उसे देखने के लिए जा रहे थे। वह विशालकाय गुफा अपनी अनेक कहानियों और प्राकृतिक बनावट के कारण पर्यटकों के आकर्षण का केंद्र बनी रहती है।

सभी बच्चे उत्साहित होकर अपनी-अपनी साइकिलों पर गुफा की ओर बढ़ चले। उनके पास फुटबॉल, टोपी, टॉर्च एवं थोड़ी-बहुत खाने-पीने की सामग्री थी। ये सब वे अपने साथ इसलिए ले जा रहे थे, ताकि गुफा के अंदर रोमांच का अनुभव करते हुए पीरापत का जन्मदिन खाते-पीते हुए तथा आनंद के साथ रोमांचक अंदाज में मना सकें।

थाम लुआंग नेंग नोन गुफा के पास पहुँचकर बच्चे तेजी से अपनी-अपनी साइकिलों से नीचे उतरे। जिन बच्चों ने उस गुफा को पहली बार बाहर से देखा था, वे उसकी विशालकाय आकृति को देखकर आश्चर्य भरी आँखों से उसके अंदर जाने के लिए लालायित नजर आए। वह गुफा दूर तक फैली हुई थी।

बच्चे गुफा के अंदर जाने लगे। जो बच्चे यहाँ पहले आ चुके थे, उन्हें इस स्थान पर आना इसलिए पसंद था, क्योंकि यहाँ पर साहसिक कार्यों को अंजाम दिया जा सकता था। पर्वतों के बीच में गुफाएँ और टेढ़े-मेढ़े

मार्ग बच्चों को आकर्षित करते थे। मार्ग भी सँकरे थे और गुफा के अंदर प्रवेश करना किसी साहसिक चुनौती से कम न था। लेकिन किशोरावस्था वह अवस्था होती है, जो हर असंभव को संभव करने के स्वप्न सँजोए आसमान में पंख फैलाकर उड़ान भरने को आतुर होती है। वे किशोर बच्चे भी सुनहरी संभावनाओं से भरे स्वयं की एक पहचान बनाने को आतुर थे।

## 'वाइल्ड बोर्स' फुटबॉल टीम के सदस्यों का परिचय

'वाइल्ड बोर्स' की इस जूनियर टीम के ये 12 किशोर सदस्य थे—

चैनिन विबूरॉन्गैंग उर्फ टाइटन उम्र ग्यारह वर्ष

पनुमास सांगदी उम्र तेरह वर्ष

दुगपेच प्रोमटेप उम्र तेरह वर्ष

सोमपोंग जाइवोंग उम्र तेरह वर्ष

मोंगकोल बूनेइआम उम्र तेरह वर्ष

नात्तावुत ताकमरोंग उम्र चौदह वर्ष

प्राजक सुथम उम्र चौदह वर्ष

एकरात वोंगसुकचन उम्र चौदह वर्ष

अब्दुल समन उम्र चौदह वर्ष

पिपत फो उम्र पंद्रह वर्ष

पोर्नचई कमुलांग उम्र सोलह वर्ष

पीरापत सोमपिआंगजई उम्र सत्रह वर्ष

एकापोल च्वानतोंग उम्र पच्चीस वर्ष।

**चैनिन विबूरॉन्गैंग**—फुटबॉल टीम का सबसे छोटा सदस्य। यह टीम में फॉरवर्ड खिलाड़ी है। थोड़ा चंचल एवं थोड़ा शरमीला।

**पनुमास सांगदी**—यह डिफेंडर की भूमिका में होता है।

**दुगपेच प्रोमटेप**—यह टीम का कैप्टन व स्ट्राइकर है।

**सोमपोंग जाइवोंग**—यह लेफ्ट विंगर है।

**मोंगकोल बूनेइआम**—इसे पढ़ाई और फुटबॉल दोनों ही बेहद पसंद हैं। कोच मोंगकोल की ऊर्जा एवं स्फूर्ति देखकर फुटबॉल में इसकी भूमिका तय करते हैं।

**नात्तावुत ताकमरोंग**—डिफेंडर की भूमिका निभाता है। यह बेहद जिम्मेदार है। कठिन परिस्थितियों में सहजता एवं धैर्य बनाए रखना इसकी खासियत है।

**प्राजक सुथम**—यह गोलकीपर व मिडफील्डर है। यह बेहद फुरतीला एवं शांत स्वभाव का है।

**एकरात वोंगसुकचन**—गोलकीपर है। अपने परिवार की घरेलू एवं अन्य कार्यों में मदद करता है।

**अब्दुल समन**—लेफ्ट डिफेंडर है। अब्दुल अंग्रेजी बोलना जानता है। इसने ही ब्रिटिश गोताखोरों से अंग्रेजी में बात की थी।

**पिपत फो**—इसे बढ़िया रेस्तराँ में भोजन करना पसंद है।

**पोर्नचई कमुलांग**—यह डिफेंडर है। वास्तविक जीवन में भी

पोर्नचई कठिन परिस्थितियों को धीरज और समझदारी के साथ सुलझाने में विश्वास करता है।

**पीरापत सोमपिआंगजई**—23 जून को पीरापत का जन्म-दिवस था। उसे अलग अंदाज में मनाने के लिए ही फुटबॉल टीम ने थाम लुआंग नेंग नोन गुफा को चुना था। यह विंगर राइट खिलाड़ी है।

**एकापोल च्वानतोंग**—25 वर्षीय एकापोल च्वानतोंग फुटबॉल कोच बनने से पहले अधिकांश समय तक बौद्ध भिक्षु रह चुके हैं। बौद्ध भिक्षु रहने के कारण उनमें सहन-शक्ति, दयालुता, परोपकार एवं जिम्मेदारी की भावना कूट-कूटकर भरी हुई थी। एकापोल बचपन में ही अपने परिवार को खोने की पीड़ा से गुजर चुके थे। इसलिए उन्हें परिवार का महत्त्व पता था। मात्र दस वर्ष के एका बौद्ध मठ में पहुँच गए थे। उनके लिए वहाँ हर कार्य और वस्तु आश्चर्यजनक थी। वहाँ मठ के साधुओं और हर ओर गूँजते मंत्रों की ध्वनि को देखकर धीरे-धीरे उन्होंने अपने गमों से बाहर आना प्रारंभ कर दिया। कुछ समय बाद ध्यान, परोपकार, सदाचार उनके जीवन का अंग बनते चले गए। 20 वर्ष की उम्र में एकापोल मठ से वापस आ गए। उन्हें अपनी आंटी की देखभाल करनी थी। इसके बाद उन्होंने फुटबॉल कोच बनने की सोची और इस तरह अपने प्रयासों से वे 'वाइल्ड बोर्स' टीम के जूनियर कोच बन गए।

## गुफा के अंदर प्रवेश

बच्चे गुफा के अंदर प्रवेश करते समय बहुत रोमांचित थे। सभी जोर-जोर से अपनी खुशी एवं प्रसन्नता प्रकट कर रहे थे। गुफा के थोड़ा अंदर जाते ही सूर्य की रोशनी आनी बंद हो गई। यह देखकर सभी किशोर चिल्लाकर साहस एवं रोमांच से भरकर गुफा की दीवारों पर हाथ फेरने लगे। कुछ सदस्यों ने गुफाओं पर हाथ से अपने और अपनी टीम के

सदस्यों के नाम बनाने शुरू किए और रोमांच से भर उठे। जब हाथ को हाथ दिखाई देना बंद हो गया तो बच्चों ने टॉर्च जलाई और आगे बढ़कर गुफा के रहस्यों को देखते हुए आगे बढ़ते रहे। कुछ जगह पर वे थोड़ा रुकते, वहाँ पर मस्ती करते, फिर आगे की ओर बढ़ने लगते।

एक घंटे तक ये बच्चे अपने सहायक कोच एकापोल च्वानतोंग के साथ गुफा के रहस्यों को हैरानी से देखते रहे। उन सभी का इरादा एक घंटे के अंदर गुफा से बाहर निकलने का था। जब लगभग एक घंटे से अधिक का समय हो गया तो टीम के सहायक कोच एकापोल च्वानतोंग ने अपनी टीम के साथ गुफा से बाहर जाने का निश्चय किया। टीम गुफा से बाहर निकलने के लिए गुफा के प्रवेश द्वार की ओर वापस आने लगी। पर यह क्या? जैसे-जैसे टीम आगे बढ़ने का प्रयास करती, उन्हें अपने पैरों में पानी के स्पर्श का अनुभव होता।

अचानक पानी कहाँ से आ गया था गुफा में? एकापोल ने नीचे झुककर जमीन को स्पर्श करने का प्रयास किया तो पानी के काफी नीचे उनका जमीन की सतह पर हाथ लगा। "ओह!"लगता है, बाहर तेज बारिश हो रही है। इसलिए तेज बहाव के कारण पानी गुफा में बहकर आ

रहा है। हमें जल्दी से यहाँ से निकलना चाहिए। अगर पानी का बहाव लगातार गुफा की ओर होता रहा तो बेहद मुश्किल हो जाएगी।"

एकापोल की बात सुनकर सभी बच्चे तेजी से अपने पाँव आगे बढ़ाने लगे; लेकिन वे जैसे ही आगे की ओर बढ़ते, पानी का स्तर बढ़ता जाता। कुछ ही देर में एकापोल को एहसास हो गया कि गुफा से बाहर निकलना फिलहाल असंभव है, क्योंकि पानी का स्तर बढ़ने के कारण डूबने का खतरा है। बच्चे छोटे थे और उनमें से कई तैरना भी नहीं जानते थे। ऐसी हालत में एकापोल उन्हें लेकर गुफा से बाहर निकलने का जोखिम नहीं ले सकते थे।

एकापोल ने सभी बच्चों से कहा कि हमें वापस गुफा के अंदर ही चलना होगा। जब तक बारिश नहीं रुक जाती, तब तक गुफा से निकलना मुश्किल है। कुछ देर इंतजार करते हैं। हो सकता है कि बारिश का प्रवाह इधर की ओर आना कम हो जाए। कोच की बात सुनकर सभी बच्चों ने समर्थन में अपना सिर हिलाया। इसके बाद बच्चे दिलों में उठती उथल-पुथल के साथ पानी के रुकने का इंतजार करते रहे।

लेकिन कुछ देर इंतजार करने के बाद भी पानी का स्तर लगातार बढ़ता रहा। यह देखकर टीम के सदस्य एवं कोच स्वयं को पानी में डूबने से बचाने के लिए रेंगते-रेंगते गुफा के अंदर की ओर बढ़ते रहे। रेंगते-रेंगते वे काफी आगे तक चले गए थे। अब गुफा में घुप्प अँधेरा था। काफी अंदर तक जाने के बाद सभी के चेहरे पर घबराहट एवं बेचैनी के निशान मौजूद थे। वे घबराहट से वर्षा के बंद होने का इंतजार करने लगे; लेकिन समय जैसे-जैसे बढ़ता रहा, वर्षा का प्रवाह भी लगातार बढ़ता रहा। बहुत देर होने के बाद भी गुफा से पानी नहीं छँटा तो सभी को यह समझने में देर नहीं लगी कि वे इस समय अँधेरी और भयंकर गुफा के अंदर बुरी तरह फँस चुके हैं। समय बढ़ते-बढ़ते रात्रि में ढल चुका था। गुफा के

अंदर बच्चों एवं कोच को यह तक एहसास नहीं हो पा रहा था कि क्या समय हो गया है ? वहाँ तो दिन में भी रात थी।

अब पूरी टीम यह जान चुकी थी कि वे गुफा के अंदर फँस गए हैं। उन सभी बच्चों के चेहरों पर गहरी चिंता एवं तनाव की रेखाएँ थीं, जो अंधकार में बेशक नजर नहीं आ रही थीं, लेकिन एकापोल उनकी साँसों के चढ़ने-उतरने से इस बात को साफ महसूस कर रहे थे कि बच्चे घबराए हुए हैं और इस बात से चिंतित हैं कि घरों में उनके अभिभावक उनको लेकर बेहद परेशान हो रहे होंगे। उनकी परेशानी को महसूस कर एकापोल उनके साथ समानुभूति के भाव रखते हुए बोले, "हिम्मत रखो, धैर्य और विश्वास के साथ आगे बढ़ते रहो। अपने मन में केवल वही विचार रखो, जो तुम देखना चाहते हो। विचार एक बीज की तरह होते हैं और घटनाएँ फल। यदि सकारात्मक बीज डालोगे तो हर बुरी घटना में से भी सकारात्मक फल निकलकर आएगा। इसलिए फिलहाल अपने मन में यह विश्वास बनाओ कि हमें किसी सुरक्षित स्थान तक पहुँचना है।"

कोच की बातें सुनकर बच्चों ने अपने मन में सकारात्मक विचारों की शृंखला बनानी आरंभ कर दी थी। सकारात्मक विश्वास के सहारे वे आगे और आगे बढ़ते रहे।

गुफा के 200 मीटर और अंदर जाने पर अंधकार काफी बढ़ चुका था। हाथ को हाथ नहीं सुझाई दे रहा था। बच्चों ने एक-दूसरे के हाथ थामे हुए थे। गुफा के अंदरूनी हिस्से में एक ढलान स्पष्ट नजर आ रही थी। उस ढलान से पानी रिस रहा था। उस रिसते हुए पानी को देखकर एकापोल ने अपनी टीम के साथ वहीं रुकने का फैसला लिया। उन्हें इस बात का एहसास था कि गुफा से रिसता पानी बाढ़ के पानी से अधिक स्वच्छ है और ऐसी स्थिति में कम-से-कम उनके पास पीने का पानी तो रहेगा ही।

फुटबॉल टीम के सभी बच्चों ने अभ्यास के बाद अपने पास रखा भोजन खा लिया था और इस समय उनके पास खाने के लिए कुछ भी नहीं था। बच्चों और एकापोल ने पानी पीकर ही अपना पेटा भरा। हालाँकि इस समय तो भय एवं चिंता से सभी की भूख-प्यास उड़ चुकी थी।

कोच एकापोल बच्चों से बोले, "कल तक पानी का स्तर कम हो जाएगा और तब हम यहाँ से बाहर निकल जाएँगे। फिलहाल हम यहाँ सुरक्षित हैं।"

कोच एकापोल की बात सुनकर बच्चों ने अपने घर में सूचना देने की इच्छा जाहिर की, लेकिन गुफा में यह बिल्कुल संभव न था। फोन के सिग्नल टूट चुके थे और अब सूचना केवल तभी दी जा सकती थी, जब वे गुफा से बाहर निकलते।

कोच का साथ और आश्वासन पाकर बच्चे शांत मुद्रा में थे।

## थाम लुआंग गुफा से दूर फुटबॉल टीम के अभिभावक

**23 जून, 2018**

उधर फुटबॉल टीम के सदस्य बच्चे जब समय से घर नहीं पहुँचे तो उनके परिवार के सदस्यों के चेहरों पर चिंता की रेखाएँ उभरनी आरंभ हो गईं। उन्होंने फुटबॉल टीम के मुख्य कोच नोपारत कानथ्वोंग को फोन किया। 37 वर्षीय नोपारत कानथ्वोंग फुटबॉल टीम के मुख्य कोच थे। वे सीनियर टीम के अभ्यास मैच के लिए गए हुए थे। अभ्यास मैच के दौरान उन्होंने अपना फोन बंद कर दिया था, ताकि फोन के कारण अभ्यास में व्यवधान न आए। मैच के बाद जब उन्होंने लगभग शाम के 7:00 बजे अपने फोन को चालू किया तो उसमें जूनियर टीम के अनेक अभिभावकों की ढेर सारी मिस्ड कॉल्स देखकर चिंतित हो उठे। वह अभी चिंतामग्न ही थे कि तभी फिर से उनका फोन बजा। एक सदस्य की माँ चिंतित अवस्था में बोली, "क्या हुआ, बच्चे अभी तक क्यों नहीं लौटे ?"

जूनियर टीम के सदस्य की माँ से यह बात सुनकर नोपारत बहुत हैरान हुए। उन्हें तो स्वयं स्थिति का ज्ञान नहीं था, भला वह क्या जवाब देते!

उन्होंने सदस्यों के परिवारवालों को सांत्वना दी और उनके बारे में जल्दी ही जानकारी देने के लिए कहा। इसके तुरंत बाद नोपारत ने जूनियर कोच एकापोल च्वानतोंग को फोन मिलाया, लेकिन फोन नहीं मिला। इसके बाद एक-एक कर उन्होंने टीम के सदस्यों के फोन मिलाए, लेकिन कुछ पता नहीं चला। तभी संयोगवश जूनियर टीम के सदस्य तेरह वर्षीय सांगपोल क्वाथोंग का फोन लग गया। 'हेलो' सुनते ही मुख्य कोच बोले, "सांगपोल, तुम कहाँ हो? टीम के अन्य सदस्य और कोच कहाँ हैं?" यह सुनकर सांगपोल बोला, "सर, वे सभी प्रैक्टिस के बाद थाम लुआंग नेंग नोन गुफा में जाने की बात कर रहे थे। दरअसल आज पीरापत का जन्म-दिवस था, इसलिए सब बेहद उत्साहित थे। लेकिन मैं उन सबके साथ नहीं गया था, क्योंकि अभ्यास के बाद माँ मुझे लेने आ गई थीं।"

सांगपोल की बात सुनकर नोपारत के दिमाग ने तेजी से काम किया। उन्होंने एक सदस्य की माँ को यह बात बताई और अन्य को भी सूचित करने के लिए कहा। इसके बाद वह बच्चों की तलाश में लग गए।

इधर, चिंतित अभिभावकों ने एक-दूसरे को सूचित किया और अपने बच्चों के गुम होने की रिपोर्ट दर्ज करवा दी। इस सारी प्रक्रिया में रात हो चुकी थी।

## पीरापत सोमपिआंगजई के घर की स्थिति

### 23 जून, 2018 की शाम

पीरापत अभी तक घर नहीं लौटा था। मुख्य कोच नोपारत कानथ्वोंग का फोन लगातार बंद आ रहा था। घर में माता-पिता ने केक सजाकर रखा हुआ था। घर का कोना-कोना सजा हुआ था और बेसब्री से पीरापत के आने की प्रतीक्षा हो रही थी। सभी सदस्यों ने पीरापत को सरप्राइज देने की योजना बनाई हुई थी। उसी हिसाब से सारी तैयारियाँ पूरी कर ली

गई थीं। लेकिन जब पीरापत के साथ ही कोच एवं उसकी टीम के अन्य सदस्यों के फोन नहीं लगे तो अभिभावकों का चिंतित होना स्वाभाविक था। वे सब छोड़-छाड़कर पीरापत की खोज में लग गए।

इस तरह पीरापत का जन्म-दिवस केक अनछुआ ही रह गया और माता-पिता पीरापत की चिंता में इधर-उधर खोजबीन करने लगे।

## पुलिस की खोजबीन

**24 जून, 2018**

24 जून, रविवार को पुलिस में सभी के अभिभावकों के माध्यम से यह सूचना दर्ज हो गई थी कि 'वाइल्ड बोर्स' जूनियर टीम एवं कोच लापता हो गए हैं। दोपहर 1:00 बजे के आसपास शुरुआती खोज अभियान प्रारंभ किया गया। खोज करते-करते पुलिस थाम लुआंग गुफा के पास तक पहुँच गई। उसी दौरान टैम लोंग खुनाम नांगनोन नेशनल पार्क के

कर्मियों से उनकी बात हुई। कर्मियों ने इस बात को गंभीरता से याद किया तो उन्हें ध्यान आया कि शनिवार, यानी कि 23 जून, 2018 की शाम को उन्होंने 3:00 बजे के आस-पास कुछ साइकिलों को खड़े देखा था। यह याद आते ही उन्होंने तुरंत पुलिस को यह बात बताई। पुलिसकर्मी एवं बच्चों के अभिभावक हैरान-परेशान से दौड़ते-भागते गुफा की ओर पहुँचे। वहाँ पर अभी भी साइकिलें खड़ी हुई थीं। हालाँकि तेज वर्षा के कारण साइकिलें आड़ी-टेढ़ी दिशा में गिरी हुई थीं।

गुफा के पास अपने-अपने बच्चों का सामान देखकर कई अभिभावक अपने होश खो बैठे। उन सभी को थाम लुआंग गुफा की जानकारी थी। थाम लुआंग गुफा थाईलैंड की बड़ी गुफाओं में से एक है। जुलाई में मॉनसून प्रारंभ होने पर यह गुफा अत्यंत खतरनाक हो जाती है। इस दौरान इस गुफा में लगभग सोलह फीट तक पानी भर जाता है और फिर उस पानी का स्तर मॉनसून खत्म होने के बाद ही कम हो पाता है। इसके बाद इस गुफा में केवल नवंबर और अप्रैल के माह में ही प्रवेश करना उचित होता है।

वहाँ उपस्थित पुलिस की टीम ने गहनता से जमीन पर बच्चों के निशान ढूँढ़ने के प्रयास किए। तेज वर्षा के कारण पर्वतीय इलाके में कीचड़ और दलदल जैसा हो गया था। गुफा के साथ ही पूरा पर्वतीय इलाका जलमग्न हो उठा था। ऐसे में बच्चों को ढूँढ़ते-ढूँढ़ते एक पुलिसकर्मी की नजर गुफा के बाहर हाथ के निशानों पर गई। निशान देखकर उसने अपने अन्य साथियों को उस ओर बुलाया। छानबीन करने के बाद पाया गया कि वे बच्चों के ही हाथों के निशान थे।

इस बात की पुष्टि किए जाने पर टीम के सदस्यों के कई अभिभावक मूर्च्छित होने को हो गए। पुलिस के साथ ही अन्य अभिभावकों ने उन्हें सँभाला और सांत्वना दी। पुलिस ने आश्वासन दिया कि बच्चों को कुछ

नहीं होगा; उन्हें बचा लिया जाएगा। बस, आप लोग धैर्य रखिए। पर जिन अभिभावकों के नन्हे मासूम खौफनाक गुफा के अंदर मौत के मुहाने पर खड़े हों, भला उन्हें चैन कैसे आ सकता था! अभिभावकों के हृदयों की बढ़ी हुई धड़कनें हर व्यक्ति के सीने से होकर गुजर रही थीं। खोजी टीम ने बच्चों को ढूँढ़ने का प्रयास किया; लेकिन बारिश और गुफा में पानी भरने के कारण वे सही ढंग से कार्य नहीं कर पाए। बच्चों का कुछ पता नहीं चल पाया। पुलिस किसी नतीजे पर नहीं पहुँच पाई। खोजी टीम निराश और खाली हाथ लौट आई। खोजी टीम की असफलता ने वहाँ उपस्थित हर व्यक्ति के हृदय की बेचैनी एवं अवसाद को और अधिक बढ़ा दिया।

## गुफा के अंदर बच्चे एवं कोच की मनोस्थिति

**24 जून, 2018**

मूसलधार बारिश के कारण जंगल की बाढ़ का पानी तेजी से गुफा की ओर बहता आ रहा था। पानी के तेज बहाव से गुफा का प्रवेश द्वार पूरी तरह से बंद हो चुका था। एक दिन बीत जाने के बाद बच्चों को कुछ समझ ही नहीं आ रहा था कि यह क्या हो रहा है ? बाढ़ के पानी का स्तर

लगातार बढ़ता जा रहा था। गुफा में हवा, प्रकाश आदि नाम मात्र को था। एकापोल ने इस बात का अंदाजा लगा लिया था कि यदि मूसलधार बारिश इसी तरह होती रही तो वे सभी गुफा में बुरी तरह फँस जाएँगे और यहाँ से निकलना बेहद मुश्किल हो जाएगा। सभी को भूख भी लग आई थी। लेकिन अफसोस कि उनके पास जो खाने-पीने का सामान था, वह खत्म हो चुका था। अब वे गुफा के रिसते पानी को पीकर ही स्वयं को शांत कर पा रहे थे। हालाँकि सभी बच्चे उम्र में छोटे थे, लेकिन नन्हा चैनिन उर्फ टाइटन बहुत बेचैन था। उसे अपने घर और अभिभावकों की बहुत याद आ रही थी। उसकी रुआँसी आवाज को सुनकर एकापोल ने उसकी पीठ पर हाथ फेरा और कहा, "सब ठीक हो जाएगा। कभी-कभी ऐसे कठिन पल आते हैं, जब हमारी परीक्षा का समय होता है। हम अकेले नहीं हैं। पूरी टीम एक साथ है। सोचो, जब एक और एक मिलकर दुनिया को बदल सकते हैं, समस्याओं को ध्वस्त कर सकते हैं तो हम तो पूरे तेरह हैं। मैं तुम्हारे साथ हूँ। तुम्हें कुछ नहीं होगा। लेकिन अपने हिस्से की हिम्मत को तुम सबको स्वयं जुटाना होगा। इसके साथ ही मैं तुम्हें इस बात का आश्वासन देता हूँ कि जब तक मैं तुम्हारे साथ हूँ, तुममें से किसी को भी कुछ नहीं होगा। तुम सबके माता-पिता ने मुझ पर विश्वास करके तुम्हें कोचिंग के लिए भेजा था। इसलिए मैं आखिरी साँस रहने तक उनके विश्वास पर खरा उतरूँगा।"

सत्रह वर्षीय पीरापत सोमपिआंगजई टीम में सबसे बड़ा था। एकापोल के बाद टीम को सँभालने की नैतिक जिम्मेदारी उसकी थी। उसने एकापोल की बात से सहमति जताते हुए कहा, "सर, हमें पूर्ण विश्वास है कि जब आप हमारे साथ हैं तो हमें कुछ नहीं होगा। आज तक आपने हमें फुटबॉल की अनेक रणनीतियाँ समझाई हैं। आज हम जीवन की नई रणनीतियाँ भी आपसे सीखेंगे और जीवन को जीतकर दिखाएँगे। आज हमने यह भी

अच्छी तरह जान लिया है कि कभी भी अपने माता-पिता को सूचित किए बिना उत्तेजना एवं भावावेश में ऐसे खतरनाक स्थान पर नहीं जाना चाहिए। माता-पिता हमारे लिए बहुत परेशान हो रहे होंगे। दुःख की बात यह है कि हम उन्हें अपने सकुशल होने की सूचना भी नहीं दे सकते। अपने माता-पिता का ध्यान रखते हुए हम सभी को स्वयं को सकुशल रखना ही होगा और हम रखेंगे। आखिर हमारे साथ आप जैसे काबिल सर जो मौजूद हैं।"

पीरापत की बातों से पूरी टीम में उत्साह पैदा हो गया और वे सभी एक स्वर में बोले, "हाँ-हाँ, सर, हम सब यहाँ से सुरक्षित बाहर निकलकर दिखाएँगे और जीवन को जीतकर दिखाएँगे।"

दुगपेच प्रोमटेप बोला, "जब हम फुटबॉल के लिए रणनीतियाँ बना सकते हैं तो यहाँ से बाहर निकलने के लिए भी रणनीतियाँ बनाएँगे।"

सोमपोंग जाइवोंग बोले, "मुझे भी यकीन है कि बाहर निकलने का कोई-न-कोई मार्ग जल्दी ही मिल जाएगा।"

मोंगकोल बूनेइआम बोला, "इसके लिए हमें अपनी सभी इंद्रियों को मजबूत बनाना होगा।"

उनकी बातें सुनकर एकापोल बोले, "कुछ देर के लिए आप सभी को भूख पर भी विजय पाने के प्रयास करने होंगे।"

यह सुनते ही नन्हा चैनिन बोला, "हाँ सर, मुझे बिल्कुल भूख नहीं लग रही है। मैं भी अब सबकी तरह बड़ा हो गया हूँ। मैं भी सबका पूरा-पूरा साथ दूँगा और बिल्कुल भी नहीं घबराऊँगा।"

पूरी टीम की सकारात्मक बातें सुनकर एकापोल ने आँखें बंद करते हुए एक सकारात्मक श्वास भरी और पूरी टीम को बचाने के लिए ठंडे दिमाग से योजना बनानी आरंभ कर दी।

कुछ देर बाद एकापोल और पूरी टीम घूम-घूमकर, हाथ से छू-छूकर गुफा के कोने-कोने की तलाश करने लगी। गुफा बेहद मजबूत थी। टेढ़ी-मेढ़ी गुफा और ऊपर से पानी के बढ़ते स्तर के कारण वहाँ भटक जाना तय था। इसलिए एकापोल ने सभी को एक-दूसरे के साथ रहने के लिए कहा।

## थाई नेवी सील डाइवर्स का इस मामले में शामिल होना

**25 जून, 2018**

पुलिस को विश्वास हो गया था कि 'वाइल्ड बोर्स' टीम के बारह सदस्य एवं कोच गुफा के अंदर ही फँस गए हैं। उन्होंने गुफा के आस-पास पहुँचकर अंदर जाने का मार्ग तलाशना आरंभ किया; लेकिन उन्हें असफलता हाथ लगी। टीम के सदस्यों के अभिभावकों एवं रिश्तेदारों की भीड़ बढ़ती जा रही थी। खोजी टीम ने गुफा के अंदर जाने का मार्ग तलाश करना आरंभ कर दिया। उधर वर्षा थी कि रुकने का नाम ही नहीं ले रही थी। वर्षा का वेग इतना तीव्र था कि एक घंटे में 15 सें.मी. वर्षा रिकॉर्ड की गई थी। गुफा के चारों ओर पानी इकट्ठा हो गया था। अभिभावक एवं अन्य परिजन चिंतातुर हो आसमान की ओर नजरें उठाए हुए थे और

हृदय की गहराइयों से इंद्र देवता से बरसते मेघों को रोकने की गुहार लगा रहे थे। बाढ़ और आग मानवता को तबाह कर देती है, मानवीयता के सारे चिह्न मिटाते हुए अपना प्रकोप दिखाते हुए आगे बढ़ती है। इसलिए इस समय प्रकृति और मानवीयता में युद्ध जारी था। इसका परिणाम भविष्य के अलावा किसी को ज्ञात नहीं था। प्रत्येक माता-पिता के मनो-मस्तिष्क में बच्चों के अलावा कोई दूसरी बात उभर ही नहीं पा रही थी।

खोजी टीम जिस ओर बढ़ती, हर ओर कीचड़ एवं पानी के दबाव को पाती। बढ़ते-बढ़ते एक-एक पल के साथ लाखों धड़कनें थमती-सी जाती थीं और बच्चों को बाहर निकालने का कोई सुराग नजर नहीं आता था। भरसक प्रयत्न करने के बाद खोजी टीम ने समय की नजाकत को देखते हुए समय व्यर्थ करना उचित नहीं समझा और रक्षा सेनाओं को इस मामले को सुलझाने के लिए आमंत्रित किया।

इस घटना की खबर पाते ही थाई नेवी सील ने इस मामले को अपने हाथ में ले लिया। थाई नेवी सील के चुस्त जवान तेजी से गुफा की ओर रवाना हो गए।

वे गुफा के मुहाने पर टीम की तलाश में पहुँच गए।

अभिभावकों एवं रिश्तेदारों की भीड़ भी चिंतित गुफा के मुहाने पर खड़ी थी। थाई नेवी सील ने तेजी से काम करना आरंभ कर दिया।

## थाई नेवी सील के प्रयास

थाई नेवी सील के जवान गुफा के चारों ओर फैल गए थे; लेकिन पानी का बहाव था कि कम होने का नाम ही नहीं ले रहा था। थाई नेवी सील ने गुफा के इर्द-गिर्द गहनता से बच्चों की आवाजों को सुनने का प्रयास किया, लेकिन उन्हें निराशा हाथ लगी। इससे उन्हें यह एहसास

हुआ कि बढ़ते पानी के कारण बच्चे एवं कोच गुफा के अंदरूनी हिस्से में चले गए हैं। गुफा अंदर से कई किलो मीटर लंबी थी। यह बात परिजनों तक पहुँची तो उनकी साँसें थम-सी गईं। कइयों की आँखों से आँसू गिरने लगे, जो वर्षा की बूँदों के साथ मिलकर गुफा की ओर प्रवाहित होने लगे। नेवी सील ने उन्हें भरोसा रखते हुए हिम्मत बँधाई।

25 जून, 2018 यानी कि सोमवार को थाई नेवी सील ने गुफा के 2 कि.मी. अंदर तक rudimentary कमांड सेंटर बना दिया। सभी को यह चिंता थी कि आखिर बच्चे गुफा के किस कोने में हैं? किस हाल में हैं?

## गुफा के अंदरूनी हिस्से में बच्चों का संघर्ष

**25 जून, 2018**

आज थाम लुआंग गुफा में टीम को अंदर घुसे तीन दिन हो चुके थे। इन तीन दिनों में बाहर की दुनिया के साथ-साथ बच्चों की अंदरूनी दुनिया भी बहुत कुछ बदल चुकी थी। अचानक ही वे 12 बच्चे परिपक्व हो चुके थे और जीवन के महत्त्व को समझ चुके थे। 25 वर्षीय कोच

एकापोल स्वयं को अपराधी मान रहे थे; लेकिन इस समय उनके सामने सबसे बड़ी चुनौती थी बच्चों की रक्षा करना। एक कोच, गुरु एवं शिक्षक होने के कारण यह उनका कर्तव्य भी था कि वे हर स्थिति में बच्चों की जान की रक्षा करें और उनके भय को बाहर निकालें।

पूरे दो दिन से 13 लोगों के मुँह में भोजन का एक निवाला भी न गया था। गुफा के टपकते पानी को पीकर वे अपनी प्यास बुझाते थे। 11 वर्षीय चैनिन ने गुफा के टपकते पानी की बूँद को मुँह में डाला और कोच की ओर देखा। एकापोल चैनिन की निगाहों को देखकर उसके भूख से व्याकुल भावों को समझ गए। चैनिन छोटा था, लेकिन वक्त की कठिनाइयों को समझने में उसने जिस बड़प्पन का परिचय दिया, उसने पूरी टीम के सदस्यों में साहस का संचार कर दिया।

एकापोल ने पानी से घिरी अंधकार भरी गुफा में टीम के सदस्यों को नाम लेकर बुलाया और कहा, "हम सभी इस समय विकट स्थिति में हैं; लेकिन मैंने अपना बहुत सारा समय मठ में गुजारा है। वहाँ की शिक्षाओं ने मुझे हर विकट परिस्थिति का सामना करने की शिक्षा दी है। अभी तक मैदान में मैंने तुमको फुटबॉल की शिक्षा दी है, अब यहाँ से सुरक्षित निकलने के लिए हम ध्यानावस्था में जाएँगे। तुम सब बहुत बहादुर हो। ध्यान की अवस्था हमारे अंदर साहस एवं उत्साह का संचार करेगी और हमें अंधकार व पीड़ा का बोध होना कम हो जाएगा। हमें भय से मुक्ति मिलेगी।"

कोच एकापोल की बात सुनकर सभी बच्चे ध्यान की अवस्था में बैठ गए। एकापोल ने आँखें बंद कर उन्हें शांत रहने को कहा। सभी बच्चे उसी मुद्रा में बैठ गए। अब वे अंधकार भरी गुफा में रहने के अभ्यस्त हो गए थे। कुछ देर ध्यान की मुद्रा में बैठने के बाद एकापोल ने बच्चों को विश्वास की शक्ति के बारे में बताना आरंभ किया। वे बोले, "मठ में ध्यान,

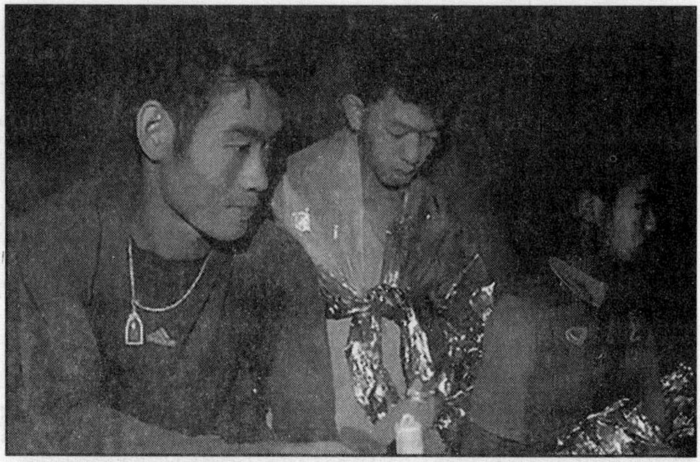

एकाग्रता और परोपकार के साथ-साथ मैंने अनेक पुस्तकों को पढ़ा है; ऐसे व्यक्तियों के बारे में जाना है, जिन्होंने विपरीत परिस्थितियों में परिस्थितियों को मोड़कर स्वर्णिम इतिहास रच दिया। इस समय मुझे मार्टिन लूथर किंग 'जूनियर' के इन शब्दों का ध्यान आ रहा है कि 'विश्वास तब पहले पायदान पर पैर रखना है, जब आपको पूरी सीढ़ियाँ न दिख रही हों'।"

यह सुनकर प्राजक बोला, "मार्टिन लूथर किंग 'जूनियर'? हमें इनके बारे में नहीं पता। आप विस्तार से बताइए।"

एकापोल बोले, "मार्टिन लूथर किंग 'जूनियर' अमेरिका के एक पादरी, आंदोलनकारी एवं अफ्रीकी-अमेरिकी नागरिक अधिकारों के संघर्ष के प्रमुख नेता थे। उनका जन्म 15 जनवरी, 1929 को हुआ था। उन्होंने संयुक्त राज्य अमेरिका में नीग्रो समुदाय के प्रति होनेवाले भेदभाव के विरुद्ध अहिंसात्मक आंदोलन चलाया था। जानते हो, उन्होंने केवल विश्वास के बल पर एक ऐसा कायापलट कर दिया कि पूरा विश्व दंग रह गया।"

"कैसा कायापलट?" अब्दुल समुन नू पूछा।

"बच्चो, डॉ. मार्टिन लूथर किंग 'जूनियर' एक ऐसी दुनिया में बड़े हुए थे, जहाँ पर भेदभाव की अधिकता के कारण काले लोगों को बुरी निगाह से देखा जाता था। उनकी जाति के लोगों को समाज में बुरी तरह प्रताड़ित किया जाता था। उन्हें इनसान नहीं समझा जाता था। उन लोगों के साथ कदम-कदम पर भेदभाव होता था। वे सरकारी परिवहन में सहजता से सफर नहीं कर सकते थे, सिनेमा हॉल में फिल्में नहीं देख सकते थे, अपने विचार नहीं व्यक्त कर सकते थे, अपनी इच्छा जाहिर नहीं कर सकते थे। जहाँ भी कोई ऐसा करने का प्रयास करता, उसे रौंद दिया जाता था। उन दिनों संयुक्त राज्य अमेरिका में गोरे और काले लोगों का जीवन दो भागों में बँटा हुआ था। एक भाग सारी सुख-सुविधाओं का लाभ उठाने के लिए मुक्त था तो दूसरा भाग बुनियादी जरूरतों के उपभोग के लिए भी मुक्त नहीं था। मार्टिन लूथर किंग 'जूनियर' दूसरे भाग, यानी कि सुविधाहीन हिस्से में आते थे। किसी को भी यकीन नहीं था कि उनकी परिस्थितियाँ कभी बदलेंगी। दूसरे, वहाँ हालात इतने दयनीय और शोचनीय थे कि परिस्थितियाँ बदलने की बातें स्वप्न में भी नहीं सोची जा सकती थीं। ऐसी परिस्थितियों में किंग ने अपने आस-पास एक ऐसी दुनिया की कल्पना की, जहाँ हर धर्म, जाति और रंग के लोग मिल-जुलकर प्रेम एवं शांति के साथ रहें। वास्तव में, यह किसी के लिए भी होना असंभव था; लेकिन किंग के मन में विश्वास था कि यह हो सकता है और एक दिन होकर रहेगा। उनका यह दिन-प्रतिदिन के विश्वास का बीज बड़ा होता रहा। इस दौरान लोगों ने उन्हें 'पागल', 'बेवकूफ' और 'सिरफिरा'—जाने क्या-क्या कहा; लेकिन किंग का विश्वास पल्लवित होता रहा और एक दिन फल के रूप में पककर पूरे विश्व के सामने आया। उस फल का स्वाद बहुत मीठा था। हाँ बच्चो, मार्टिन लूथर किंग के संघर्ष ने रंगभेद की नीति को खत्म कर दिया था। उस समय यह इतनी अप्रत्याशित घटना थी, जिसके बारे में सोचा भी नहीं जा सकता था। लेकिन महज किंग के विश्वास ने

इसे सत्य में परिवर्तित कर दिया। इसलिए सदैव सकारात्मक विश्वास करो। अच्छा सोचते रहो और प्रयास करते रहो, सफलता अवश्य मिलेगी।

"हम सभी को अपने विश्वास और ध्यान के बल पर इस गुफा से जीवित बाहर निकलना है। यदि सबका विश्वास सकारात्मक रहा तो किसी को कुछ नहीं होगा।"

एकापोल की इन बातों से बच्चों ने अपने अंदर विश्वास उत्पन्न किया कि उन्हें कुछ नहीं होगा और वे सभी इस खतरनाक गुफा से बाहर निकलकर रहेंगे।

## थाई नेवी सील डाइवर्स का गुफा के अंदर जाने का प्रयास करना

**26 जून, 2018**

थाई नेवी सील डाइवर्स तेजी से कार्य में लगे हुए थे। उन्होंने थाम

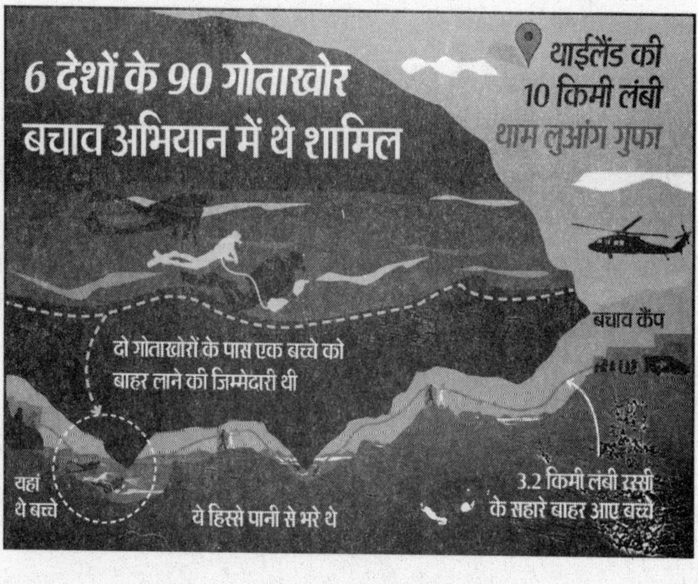

लुआंग गुफा को हर ओर से देखने का प्रयत्न किया। टी जंक्शन के पास पहुँचने के बाद बाढ़ के तेजी से बहते पानी ने नेवी सील डाइवर्स को झटके के साथ बाहर की ओर उछाल दिया। इस तरह से उन्हें निराशा हाथ लगी। डाइवर्स को यह लग रहा था कि शायद जाँच करने पर गुफा के अंदर फँसे हुए बच्चे मिल जाएँगे; लेकिन बाढ़ के पानी ने उन्हें धकेलकर इस आशा को धूमिल कर दिया। पटाया बीच तक बाढ़ के पानी का स्तर बढ़ चुका था। गुफा अंदर से गहरी और सँकरी थी। पटाया बीच तक कुछ भी नजर न आने से सभी के चेहरे पर बेचैनी और तनाव के चिह्न स्पष्ट नजर आने लगे थे। अब यह सभी को समझ आ गया था कि तेजी से बहते पानी के साथ गुफा के अंदर जाना इतना आसान नहीं था।

इसलिए अब गुफा के अंदर प्रवेश करने के लिए नए मार्ग तलाशे जाने लगे। थाई नेवी सील के साथ ही सभी कार्मिक गुफा के पानी को कैसे बाहर निकाला जाए, इस योजना की उधेड़-बुन में लगे हुए थे। गुफा में गए बच्चों को आज चौथा दिन हो चला था। उनके पास न ही भोजन की व्यवस्था थी, न ही अन्य सुविधाओं की। ऐसे में अभिभावकों के साथ ही सभी व्यक्तियों का चिंतित होना स्वाभाविक था। उनके सामने फिलहाल सबसे बड़ी चुनौती थी सकुशल बच्चों की झलक पाना। यदि बच्चों की खैर-खबर मिल जाती तो सभी के प्रयासों में तेजी आ जाती; लेकिन तेज बारिश के कारण अभी तक कुछ भी पता नहीं चल पाया था। बारिश के वेग को देखकर कुछ डाइवर्स बोले, “हमें बारिश रुकने का इंतजार करना होगा। इसके अलावा, हमारे पास कोई मार्ग नहीं है। तेजी से बहते पानी के साथ हम विवश हैं।”

यह सुनकर कुछ लोगों ने अपनी राय देते हुए कहा कि बारिश रुकने के आसार जल्दी नजर नहीं आते हैं। मॉनसून का महीना है। ऐसे में वर्षा लगातार महीनों तक होती रहती है। ऐसी हालत में बच्चों को जीवित

निकालना बेहद कठिन होगा। जितने दिन बीतते जाएँगे, बच्चों के जीवित ढूँढ़ने के आसार उतने ही कम होते जाएँगे।

कठिनाइयाँ बढ़ते देख यह समाचार मीडिया में तेजी से फैल गया। मीडिया तक यह सूचना आते ही सारी खबरें आग की तरह हर ओर फैलनी शुरू हो गईं। इस तरह हर ओर बच्चों के गुफा में फँसे होने की बात पहुँच गई थी। यह खबर अमेरिका, ब्रिटेन और भारत—हर देश तक जा पहुँची थी। सभी देशों के निवासी नन्हे-नन्हे बच्चों को गुफा में फँसे होने की बात सुनकर बेहद परेशान हुए। बच्चों के सुरक्षित पाए जाने की प्रार्थना विश्व के कोने-कोने में गूँज रही थी।

डाइवर्स होशियारी के साथ गुफा तक जाने का कई बार असफल प्रयास कर चुके थे। गुफा में छेद करने के साथ ही वहाँ खुदाई करने तक की बातें होने लगी थीं। अब इन सब योजनाओं को किस तरह प्रयोग में लाया जाए, यह चर्चा का विषय था।

## अभिभावकों के हाव-भाव

**26 जून, 2018**

आज चौथा दिन होने को आया। चैनिन के माता-पिता बहुत चिंतित थे कि इतना नन्हा बालक कैसे बिना भोजन-पानी के रह रहा होगा! चैनिन की माता को अपने बेटे के भोजन की फरमाइशी बातें याद आ रही थीं। उधर पीरापत के माता-पिता के आँसू थमते ही न थे। जन्म-दिवस के दिन कहाँ खुशियों को आना था और कहाँ गम, आँसू एवं तनाव ने उन्हें बुरी तरह तोड़ दिया था। ये सभी माता-पिता समझ नहीं पा रहे थे कि एक-दूसरे को सांत्वना दें तो कैसे दें! बच्चों का जीवन गुफा के अंदर अधर में अटका हुआ था और गुफा के बाहर अभिभावकों का जीवन बच्चों की झलक पाने की आस लिये मद्धिम पड़ता जा रहा था। पूरी टीम

के अभिभावक एवं संबंधी मात्र जिंदा लाश बनकर रह गए थे। उनके सोचने-समझने की शक्ति समाप्तप्राय हो गई थी। उन्हें तो दिन एवं रात तक का आभास नहीं हो पा रहा था। बस, वर्षा का पानी, नेवी सील कमांडर के साथ ही अनेक कार्मिकों के गुफा की ओर जाने के अथक प्रयास, इधर-उधर गूँजती आवाजें और हर ओर तेजी से फैलती बच्चों के गुम होने की खबर। यही बातें और कार्य उन्हें अपने सामने होते नजर आ रहे थे। वर्षा में भीगकर कई माता-पिता तो स्वयं भी रुग्ण-से हो गए थे; लेकिन इस समय उन्हें अपना होश कहाँ था? इसीलिए माता-पिता को ईश्वर-तुल्य कहा गया है, क्योंकि बड़ी-से-बड़ी पीड़ा एवं मुसीबत में वे स्वयं को भूलकर बच्चे को सुरक्षित देखना चाहते हैं।

जब भी वर्षा तेज होती तो सभी लाचार नजरों से आसमान की ओर देखते, मानो यह गुहार लगा रहे हों कि "क्या बादल या वर्षा के बच्चे नहीं होते? यदि होते तो क्या वे तब भी ऐसे ही बरसते?"

ऐसी ही अटपटी सोच हर माता-पिता के मन में घर कर चुकी थी। जब विकट परिस्थिति सामने आ जाती है तो सोच-समझ खत्म हो जाती है और चमत्कार पर उम्मीद टिक जाती है। उस समय चमत्कार चमत्कार

न होकर अनिवार्यता लगने लगता है। एक ऐसी अनिवार्यता, जिसे केवल उसी तरह होना चाहिए, जिस तरह की अपेक्षा की जा रही है। जिस तरह जिंदगी संघर्ष का दूसरा नाम है, उसी तरह चमत्कार विश्वास का दूसरा रूप है। संघर्षों से जिंदगी चमक उठती है। उसी तरह विश्वास से चमत्कार जिंदगी में आने लगते हैं। इसलिए चमत्कार की उत्पत्ति के लिए अटूट विश्वास अनिवार्य हो गया था।

## गुफा में बच्चों का संघर्ष

**26 जून, 2018**

चौथे दिन तक बच्चों के साथ लाई गई टॉर्च पानी में भीगकर बेकार हो चली थीं। अब वे अँधेरे में रहने को विवश थे। पानी के बहाव के साथ-साथ कोच अपनी टीम को आगे, और आगे ले जाते थे। इस तरह से टीम लगभग चार किलोमीटर से अधिक का सफर गुफा के अंदर कर चुकी थी। अंधकार में अब उनकी आँखें देखने की अभ्यस्त हो चली थीं। जब भी किसी एक के मन में शंका होती तो वह कस कर दूसरे का हाथ पकड़ लेता और इस तरह पूरी टीम पानी से भरे क्षेत्र में पानी को पराजित कर अपने जीवित बाहर निकलने के संकल्प को कुछ और मजबूत कर देती।

लगातार पानी के कारण गुफा में ठंड प्रतीत होने लगी थी। इन बच्चों के पास अपने पहने गए वस्त्रों के अलावा कुछ भी न था। ऐसे में कोच एकापोल का चिंतित होना स्वाभाविक था। इस समय उसका मस्तिष्क तेजी से काम कर रहा था। वह सबसे बोला, "बच्चो, हिम्मत और धैर्य कठिन-से-कठिन परिस्थिति को पराजित करने की क्षमता रखते हैं। हमें भी इस कठिन दौर को पराजित कर विजेता की तरह यहाँ से बाहर आना है।"

एकापोल के शब्द बच्चों के ठंडे शरीर में कंपन करते और वे स्वयं को गरम महसूस करने लगते।

एकापोल ने कहा कि हमें गुफा को खोदने का प्रयास करना चाहिए। यदि हम संघर्ष और प्रयास करते रहेंगे तो तेजी से स्वयं को बाहर निकाल पाने के सुराग तक अवश्य पहुँच पाएँगे। मुश्किलें हमेशा हारती हैं और संघर्ष करनेवाले हमेशा जीतते हैं। गुफा को खोदने की शुरुआत से यह सिद्ध होता है कि आधा काम हो गया है। जब भी किसी कार्य के प्रति दृढ़ संकल्प होकर उसे आरंभ किया जाता है तो समझो, उसके पूरा होने में ज्यादा देर नहीं है। इस समय अपनी घबराहट को पूरी तरह बाहर निकाल दो और गुफा को खोदने की कोशिश करो।

एकापोल की बातों ने पूरी टीम में एकता का भाव भर दिया। सभी अपना दुःख-दर्द और भूख-प्यास भूलकर गुफा को खोदने में लग गए। कार्य करते-करते उन्हें गरमी का आभास हुआ और इस तरह जीवन को कुछ और किरणें मिलने लगीं। जब हताश होकर वे थक जाते तो एकापोल उनका हाथ थामकर उन्हें आँखें बंद करने को कहते और ध्यान की चरमावस्था में ले जाकर उन्हें शांत करते। ध्यान के समय ऑक्सीजन का ह्रास कम होता और बच्चों की साँसें धीमी होकर शांत मुद्रा तक पहुँच जातीं। ऐसे में बच्चों का दुःख एवं पीड़ा भी कुछ कम हो जाती थी। वे बच्चों से कहते, “सबकुछ भूलकर, आँखें बंद कर अपनी चेतन एवं

सकारात्मक शक्ति को मस्तिष्क में लाने का प्रयत्न करो। जब आपका तन-मन सकारात्मक शक्ति से ओत-प्रोत हो जाएगा तो हर ओर सकारात्मक शक्ति की तरंगें फैल जाएँगी और नकारात्मक स्थितियाँ दूर हो जाएँगी।"

इस समय एकापोल सभी बच्चों के अभिभावक बने हुए थे। बिना अभिभावक बने ही उन्होंने अभिभावकों की पीड़ा को महसूस कर लिया था। उनके मन में हर पल बस, यही बात थी कि किसी भी तरह हर बच्चे को जीवित रखना है, ताकि उनके माता-पिता की पथराई आँखों की आशा बुझ न जाए।

भूख के कारण कुछ बच्चों का शरीर बेहद कमजोर हो गया था। गुफा के टपकते पानी से उनकी प्यास अवश्य शांत हो जाती थी, लेकिन क्षुधा बढ़ती जाती थी। हालाँकि टपकते पानी से बस, किसी तरह वे अपने जीवन को साँसें दे पा रहे थे। जिस तरह पानी की आपूर्ति शरीर को चाहिए होती है, वह उन्हें नहीं मिल पा रही थी।

टपकते पानी को पीने के बाद अचानक प्राजक बोला, "क्या किसी ने हमें खोजने के प्रयास नहीं किए होंगे?"

"कैसी बात कर रहे हो? हमारे माता-पिता का तो हमें ढूँढ़-ढूँढ़कर बुरा हाल हो रहा होगा। परेशानी तो इस बात की है कि मॉनसून के मौसम में वे हम तक पहुँचेंगे कैसे? उनके हमारे पास या हमारे उनके पास पहुँचने की संभावनाएँ बेहद क्षीण हैं।" पिपत बोला।

यह सुनकर एकापोल बच्चों को अपनी ओर एकत्रित करते हुए बोले, "बच्चो, मैं लगातार तुम्हें यह कहता आ रहा हूँ कि अपने मन में सकारात्मक विश्वास उत्पन्न करो। एक बात हमेशा याद रखना कि जब भी ऐसा लगने लगे कि संभावनाएँ खत्म होती जा रही हैं तो संभावनाएँ खत्म नहीं होतीं। उन्हें कभी खत्म नहीं होना है। संभावनाएँ तब तक इस ब्रह्मांड में हैं, जब

तक व्यक्ति का अस्तित्व पृथ्वी पर है। इसलिए जब तक साँसें चल रही हैं, तब तक संभावनाएँ चलती रहती हैं। बस, हमें उन संभावनाओं तक पहुँचने में थोड़ी-बहुत देर हो सकती है और वह भी इसलिए कि हमारे प्रयासों में कमी है। यदि हमारे प्रयास लगातार चलते रहे तो गुफा से बाहर निकलने की संभावनाएँ उतनी ही तेजी से हमारे पास पहुँच जाएँगी।"

## ब्रिटिश एवं अमेरिकी सेना का थाईलैंड की सहायता के लिए पहुँचना

**27 जून, 2018**

पाँचवें दिन तक थाई नेवी सील गुफा के अंदर जाने का मार्ग नहीं तलाश कर पाई थी। यह समाचार पूरे विश्व में आग की तरह चारों ओर फैल गया था। इस समय मानवता मानवीयता की डोर में बँधकर विश्व-बंधुत्व का एहसास करा रही थी, क्योंकि यह समाचार सुनकर ब्रिटिश एवं अमेरिकी सेना थाई नेवी सील की मदद के लिए पहुँच चुकी थी। यू.एस. पैसिफिक कमांड से अमेरिका के 30 नौसेना कर्मी, पारा रेसक्यू और सर्वाइवल स्पेशलिस्ट के साथ तीन ब्रिटिश विशेषज्ञ गोताखोर भी घटनास्थल पर पहुँच चुके थे।

इस तरह अब 'वाइल्ड बोर्स' टीम को सकुशल बचाने के इरादे बुलंद हो चुके थे। विश्व के प्रसिद्ध गोताखोरों के इस मामले से जुड़ने की बात सुनते ही खोजी एवं थाई नेवी सील के जो हौसले पस्त पड़ चुके थे, उनमें एक बार फिर से हलकी-सी लौ जलने लगी थी।

शीघ्र ही घटनास्थल पर विश्व के प्रसिद्ध गोताखोर आ जुटे थे। गुफा की गहराई और मजबूती देखकर उन्होंने पहले उसके अंदर जाने का निर्णय लिया। एक टीम बनाई गई। इसमें पूरे विश्व के सर्वश्रेष्ठ गोताखोर शामिल थे। अमेरिका के नौसेना कर्मियों के साथ ब्रिटिश विशेषज्ञ गोताखोरों ने गुफा के अंदर जाने के अथक प्रयास किए; मगर बाढ़ के पानी का बहाव इतना तेज था कि उन्हें वापस खाली हाथ ही लौटना पड़ा।

यह देखकर सभी की चिंता बढ़नी स्वाभाविक थी। आखिर किस तरह अंदर फँसी 'वाइल्ड बोर्स' की पूरी टीम को जीवित बचाया जाए? तेज बारिश ने बचाव अभियान को रोक दिया। बारिश में इस समय गुफा के अंदर प्रवेश करने का कोई मार्ग ही नहीं सूझ रहा था। प्रवेश द्वार बंद होकर जलगृह में परिवर्तित हो गया था। गुफा के प्रवेश द्वार की हालत देखकर वहाँ उपस्थित जन-समूह बेहद चिंतित था। गुफा में फँसे लोगों की हालत पर गौर करके हाथ-पर-हाथ रखकर बैठा भी नहीं जा सकता था। विशेषज्ञ गोताखोरों के साथ ही अनेक देशों की टीमें अब थाईलैंड की थाम लुआंग गुफा पर पहुँच चुकी थीं। ये सभी टीमें विश्व के जाने-माने गोताखोरों की टीमें थीं। ये ऐसी टीमें थीं, जो अनेक बार जीवन को मृत्यु के मुँह से खींचकर वापस लाने में सक्षम थीं। जीवन और मृत्यु का द्वंद्व युद्ध इस समय थाम लुआंग गुफा के अंदर फँसे बच्चों के साथ भी चल रहा था।

## गुफा में शिथिल होते बच्चे

**27 जून, 2018**

पाँचवें दिन तक बच्चे शिथिल होने आरंभ हो गए थे। किसी तरह कोच एकापोल ने बच्चों को सँभाला हुआ था। वह स्वयं भी भूख-प्यास एवं थकान से आकुल-व्याकुल थे। हालाँकि गुफा से टपकता पानी इस समय उनके लिए अमृत-तुल्य था। जब भी बच्चों को भूख सताती, वे तुरंत गुफा से टपकते पानी को पी लेते और तृप्ति का अनुभव करते। कई बच्चों को ठंड की भी शिकायत होने लगी थी। लगातार पानी के अंदर रहते हुए बच्चों की मनोस्थिति को समझना सचमुच विकट था। जो बच्चे घरों में आराम से अपने माता के संरक्षण में रहते थे, यहाँ पर उस संरक्षण के कोई चिह्न तक मौजूद नहीं थे। यहाँ बच्चों को अपना संरक्षण स्वयं करना था।

अब बच्चों ने चिंता छोड़कर स्वयं को बचाने पर ध्यान लगा दिया था। सबसे नन्हे चैनिन ने तो भूख का खयाल ही छोड़ दिया था। उसने कहा कि यदि मैं भोजन का ध्यान करूँगा तो मुझे भूख लगेगी। इस तरह मेरी स्थिति डाँवाँडोल हो जाएगी। एकापोल ने चैनिन की इस बात पर उसकी पीठ थपथपाई और कहा, "तुम बहुत बहादुर हो। देखना, एक दिन तुम

सब पर पूरी दुनिया को गर्व होगा। बस, अपने आप को हारने मत दो।" गुफा में कार्बन डाइऑक्साइड का स्तर बढ़ रहा था और ऑक्सीजन का स्तर लगातार घट रहा था। ऐसे में एकापोल ने पूरी टीम को बचाने के लिए उन्हें लगातार ध्यान की मुद्रा में बैठने के लिए कहा, ताकि इस तरह से उनकी आंतरिक शक्ति मजबूत बनी रहे। एकापोल ने सभी लोगों से कहा, "बच्चो, यह बिल्कुल मत सोचो कि हम विकट स्थिति में फँस गए हैं, जिससे निकलना असंभव है, बल्कि इसकी जगह स्वयं से बार-बार यह कहो कि तुम सब एक ऐसे असंभव मिशन का हिस्सा बनने जा रहे हो, जिसे केवल तुम लोग पूरा कर सकते हो। हाँ, इसके साथ अपने चेहरे पर मुसकान बनाए रखो। मुसकान विपत्तियों और परेशानियों को कम करती है। मुसकान चेहरे पर बनी रहे तो विपत्ति का समय कटना सरल हो जाता है। इसके विपरीत कुढ़न, चिड़चिड़ाहट और क्रोध विपत्ति को कम करने के बजाय बढ़ाते हैं। इसलिए यहाँ पर अपने आपको सकारात्मक शब्दों के माध्यम से प्रेरित करते रहो। चमत्कार इस पृथ्वी पर ही होते हैं। बस, चमत्कार उत्पन्न करने के लिए व्यक्ति को औसत से अधिक साहस एवं एकाग्रता का मनन करना पड़ता है।"

एकापोल की बातों को बच्चों ने बहुत गहनता से सुना और आज्ञाकारी शिष्यों की तरह इसका पालन भी किया।

## ब्रिटिश एवं अमेरिकी सेना का थाईलैंड की सहायता के लिए पहुँचना

**28 जून, 2018**

अब इस मिशन में 90 अनुभवी गोताखोर जुड़ चुके थे। इनमें से 40 थाईलैंड के और अन्य बाकी देशों के थे। भारत, ब्रिटेन, चीन, म्याँमार, लाओस, ऑस्ट्रेलिया, अमेरिका और जापान—सभी देशों के कर्मी अपनी

बेहतर सेवाएँ देने के लिए यहाँ पहुँच चुके थे। इस दिन भी तेज बारिश के कारण अभियान को पूरी तरह अंजाम देने में बेहद मुश्किलों का सामना करना पड़ा। लेकिन दिग्गज गोताखोरों के इस अभियान में जुड़ने से अब अभियान को मजबूती मिल चुकी थी। वर्षा के रुकने का सप्ताह या महीनों तक इंतजार करना व्यर्थ था; क्योंकि यदि समय पर सबकुछ छोड़ दिया जाता तो यह संभव था कि बच्चों को जीवित निकालना असंभव हो जाता। इसलिए अब गुफा में जाने के लिए नए तरीके ढूँढ़े जाने लगे थे। वैसे भी, विभिन्न देशों के कुशल गोताखोर अपने-अपने मस्तिष्क में नई-नई तकनीकें लिये हुए थे। सभी की तकनीकों को मिलाकर कोई-न-कोई मार्ग तो निकलना ही था। ब्रिटिश गोताखोर जॉन वोलेनथन बोले, "यहाँ दिग्गज लोग उपस्थित हैं। ऐसे में मुझे लगता है कि कोई समस्या ऐसी नहीं, जिसे हम मिलकर सुलझा न सकें।"

यह सुनकर गोताखोर रिक स्टैटन बोले, "बिल्कुल। वैसे भी, इस समय हम सभी एक टीम के रूप में उपस्थित हैं। टीम में अकेले व्यक्ति की अपेक्षा अधिक संसाधन, ज्यादा विचार और अधिक ऊर्जा होती है।"

इस बात से सहमति जताते हुए जॉन बोले, "हाँ, इसलिए हम सभी

मिलकर इस बात को आसानी से खोज लेंगे कि लक्ष्य तक कैसे पहुँचा जाए? हम सभी के पास अपने-अपने विचारों के माध्यम से अनेक विकल्प मौजूद हैं। इन विकल्पों को मिलाकर हमें एक सही रूप देना है, ताकि बच्चों को सुरक्षित निकाला जा सके।"

वहाँ उपस्थित विश्व के श्रेष्ठ गोताखोरों की टीम ने इस बात से सहमति जताई और सभी अपने-अपने विकल्प बताकर उनसे श्रेष्ठ विकल्प तैयार करने में जुट गए। अनेक विकल्पों के आने के बाद गुफा से पानी निकालने पर अधिक फोकस किया गया। इसके लिए पंप लगाए गए और गुफा में छेद किए गए, ताकि बच्चों तक किसी तरह पहुँचा जा सके। पंप के माध्यम से गुफा में रुके पानी को निकालना सरल न था। मोटे-मोटे पाइपों को उठाकर भारी वर्षा में गुफा तक पहुँचाना अत्यंत कठिन कार्य था; किंतु इन कठिनाइयों पर विजय पानेवाले विश्व के सर्वश्रेष्ठ लोग इस समय यहाँ उपस्थित थे। विभिन्न देशों के श्रेष्ठ गोताखोर कठिनाइयों को हवा में उड़ाना जानते थे। सबसे अच्छी बात यह थी कि ये सभी गोताखोर एवं विशेषज्ञ टीम अपने श्रेष्ठ अनुभवों के संकलन से एक ऐसा नया मार्ग बनाने में सक्षम थे, जिससे कि गुफा के अंदर सुरक्षित पहुँचकर बच्चों तक पहुँचा जा सके।

गुफा तक पहुँचने के लिए अमेरिकी सेना के इंडो पैसिफिक कमांड के ओकिनावा से 36 कर्मियों का एक दल इस मिशन में तैनात था। इनमें 353वें विशेष संचालन समूह और 31वें बचाव स्क्वाड्रन से 36 ऐसे एयरमैनों को शामिल किया गया था, जो खतरनाक-से-खतरनाक स्थिति को कुशलता से सुलझाने में माहिर थे। अब ये गुफा के कक्षों तक पहुँचने के लिए जुगत भिड़ा रहे थे। गुफा के कक्ष तक पहुँचने पर स्थिति को समझकर आगे की रणनीति बनाई जा सकती थी।

सभी गोताखोर पानी के प्रवाह, गुफा की मजबूती, वहाँ के टेढ़े-मेढ़े

रास्तों को देख चुके थे और वे उसी के अनुरूप उसके अंदर प्रवेश करने की जुगत भिड़ा रहे थे।

## थाईलैंड के प्रधानमंत्री प्रयुथ चान ओचा का गुफा पर पहुँचना

**29 जून, 2018**

अनेक देशों के मशहूर गोताखोर एवं श्रेष्ठ सैन्यकर्मी अब इस मिशन का हिस्सा बन चुके थे; लेकिन चिंताजनक बात यह थी कि अभी तक खोई हुई टीम का कुछ पता न चल पाया था। गुफा में जाने के प्रयास लगातार असफल सिद्ध हो रहे थे। गुफा में किए जानेवाले छेदों के माध्यम से भी बच्चों तक पहुँचने के मार्ग नहीं मिल पा रहे थे। पाइपों के माध्यम से भी पानी का बहाव सँभल नहीं पा रहा था। मीडिया पल-पल की खबर पूरे विश्व के कोने-कोने तक पहुँचा रहा था। ऐसे में थाईलैंड के प्रधानमंत्री प्रयुथ चान ओचा का चिंतित होना भी स्वाभाविक था। राजकीय कार्यों को सँभालने के साथ-साथ इस समय इस चुनौती से निबटना उनके लिए बेहद

अनिवार्य था। सात दिनों से उन बच्चों का कुछ पता नहीं चल पाया था। ऐसे में देश में खलबली मचना स्वाभाविक ही था। विश्व के श्रेष्ठ कर्मी घटनास्थल पर मौजूद थे, इसके बावजूद बच्चों तक पहुँचना असंभव ही लग रहा था। इन सारी बातों की जानकारी लेकर उन्होंने इस बार स्वयं घटना-स्थल पर जाकर स्थिति का जायजा लेने का निर्णय किया।

वे घटना-स्थल पर पहुँचे। अपने देश के प्रधानमंत्री को देखकर परिजन व्याकुल और बेचैन-से हो उठे। उन्होंने अपनी पीड़ा को उनके सामने उजागर किया। परिजनों की बातें सुनकर प्रधानमंत्री ने उनको सांत्वना दी और कहा, "आप सभी धैर्य से काम लें, बच्चों को कुछ नहीं होगा। पूरा विश्व उनके लिए प्रार्थनाएँ कर रहा है। विश्व के श्रेष्ठ गोताखोर और कर्मी उनकी मदद के लिए यहाँ जुटे हुए हैं। ईश्वर पर आस्था रखिए और हिम्मत से बच्चों के लिए प्रार्थना कीजिए। प्रार्थना में अपार शक्ति होती है। प्रार्थना के माध्यम से संकटों के दौरान बेहद परेशान करनेवाली घटनाओं पर काबू पाया जा सकता है। इससे चित्त को शांति मिलती है और नए व सकारात्मक विचार जन्म लेते हैं। हम सब एक साथ हैं। सबकी सुरक्षा हम सबकी जिम्मेदारी है।"

इसके बाद उन्होंने परिजनों के साथ मिलकर कुछ समय वहाँ पर व्यतीत किया। परिजनों के साथ बच्चों के बारे में आवश्यक जानकारी जुटाई और उन्हें एक बार फिर भरोसा दिलाया कि सब ठीक हो जाएगा, सबको सकुशल बचा लिया जाएगा। हालात की स्थिति देखकर प्रधानमंत्री वापस चले गए। उनके मन में भी अकुलाहट और चिंता व्याप्त थी। इन्हीं चिंताओं और परेशानियों के बीच सबका संघर्ष उनके मन में यह आस जगा रहा था कि सबको जीवित बचा लिया जाएगा।

गोताखोर अपने काम में लगे हुए थे। उन्हें यह तो पूरी तरह ज्ञात हो गया था कि टीम के सभी सदस्य गुफा के अंदर फँसे थे; लेकिन कहाँ?

कैसे ? किस हाल में ? जीवित या मृत या कुछ जीवित और कुछ मृत ?

कुछ भी अभी तक पता नहीं लगा पाया था। थाम लुआंग गुफा की घुमावदार गहराई में लगातार रिसते पानी के कारण गुफा के अंदर प्रवेश करना बेहद मुश्किल था। अनेक पंपों की सहायता से गुफा के पानी को निकाला जा रहा था, ताकि टीम के सदस्यों को पानी में बहने से बचाया जा सके और वे अंदर सुरक्षित रह सकें। गुफा को काटने के लिए सख्त औजारों के इस्तेमाल की बातें की जा रही थीं; लेकिन मौसम के बढ़ते मिजाज के कारण ये सब उपकरण साधक सिद्ध नहीं हो पा रहे थे। पहाड़ पर ड्रिलिंग भी की गई। थर्मल सेंसर के साथ ड्रोन का इस्तेमाल किया गया, ताकि जल्दी से टीम निगाह में आ सके।

## गुफा में सातवाँ दिन

**29 जून, 2018**

एकापोल और पूरी टीम अब तक गुफा में अंधकार में देखने की लगभग अभ्यस्त हो गई थी। वे सभी शारीरिक रूप से कमजोर हो गए थे, लेकिन आंतरिक मन उन सभी का आत्मविश्वास से परिपूर्ण था।

एकापोल को एहसास हो गया था कि उन्हें बचाए जाने के लिए अन्य लोग भी प्रयत्नशील हैं। जब व्यक्ति को यह एहसास हो जाता है कि उसके साथ अनेक लोग प्रयत्नशील हैं तो कठिनाइयों से पार पाने के मार्ग तक पहुँचना सुगम लगने लगता है। यही एकापोल को इस समय अनुभव हो रहा था। हालाँकि इतनी विकट स्थिति में एकापोल का मठ के अंदर लंबा समय व्यतीत करना काफी काम आ रहा था। ध्यान की शक्ति एकापोल के जीवन का अंग बन चुकी थी। उन्हें प्रार्थना के महत्त्व की भी जानकारी थी। इस संकट की घड़ी में एकापोल के मस्तिष्क ने तेजी से काम किया और उन्होंने अपनी पूरी टीम को अपने इर्द-गिर्द बुलाकर उन्हें प्रार्थना के बारे में बताना आरंभ किया।

एकापोल बोले, "प्रार्थना में असीम शक्ति होती है। यह शक्ति इतनी ताकतवर होती है कि यदि सच्चे हृदय से हम असंभव की आशा करते हैं तो हमें वह असंभव वस्तु भी प्राप्त हो जाती है। बस, इसके लिए हम सबको अपने मन की शक्ति को मजबूत बनाना होता है। प्रार्थना इस सत्य को उजागर करती है कि ईश्वर सारी मानवीय समस्याओं को सुलझाने में सर्वोच्च और शक्तिमान है। चाहे व्यक्ति कितनी भी जटिलताओं का सामना क्यों न कर रहा हो, लेकिन प्रार्थना से हमेशा एक सौहार्दपूर्ण हल निकल सकता है और प्राकृतिक व्यवस्था के तहत दोबारा से जीवन व्यवस्थित हो सकता है। चाहे हमारा जीवन कितना भी क्यों न बिखर जाए, लेकिन जब तक हममें एक भी साँस बाकी है, तब तक अपने जीवन को दोबारा से सुसज्जित और व्यवस्थित करने का अवसर सदैव हमारे पास होता है। प्रार्थना करें कि हम सभी सकुशल हैं। प्रार्थना करें कि हर ओर खुशी, प्रसन्नता एवं सुख है। यह ब्रह्मांड एक चुंबक है। जिस तरह चुंबक लोहे को अपनी ओर आकर्षित करता है, उसी तरह ब्रह्मांड उसी वस्तु एवं शक्ति को हमारी ओर प्रवाहित करता है, जो हमारे मन की तरंगों से निकलकर

पूरे विश्व की ओर जा रही होती है। गहरी साँसें लेकर आकर्षण की शक्ति को महसूस करो और सदैव सकारात्मक सोचो। दुःख में भी मुसकराओ। जितना आप सच्चे मन से मुसकराने का प्रयास करेंगे, पीड़ा उतनी ही अधिक दूर होती जाएगी।" एकापोल की ये बातें बच्चे मंत्र-मुग्ध होकर सुनते रहे। इस समय वह यह भूल चुके थे कि वे किस स्थान पर हैं और किस तरह अपने जीवन के लिए संघर्ष कर रहे हैं। इस समय उनके मन-मस्तिष्क में प्रार्थना एवं आकर्षण की शक्ति उत्पन्न हो चुकी थी। एकापोल अपने प्रार्थना अभियान में सफल रहे थे। अब बच्चे न ही पहले की तरह अधिक व्याकुल थे और न ही भूख-प्यास से अधिक चिंतित।

वे सहजता से प्रार्थना करते रहे कि वे सभी मानसिक एवं शारीरिक रूप से स्वस्थ रहें और सबसे पहले जीवित रहें।

## हर ओर प्रार्थना की गूँज

**29 जून, 2018**

केवल गुफा के अंदर ही नहीं, बल्कि विश्व के कोने-कोने में

बाढ़ग्रस्त गुफा के अंदर फँसे बच्चों के लिए प्रार्थना गुंजायमान होने लगी थी। यकीनन मुश्किल और आपदा के समय प्रार्थना एक ऐसी मदद होती है, जो हर स्थिति में सबके पास उपलब्ध होती है। यदि यह प्रार्थना सच्चे हृदय से की जाती है तो सदैव सफल होती है। इसी तरह विश्व के लोगों द्वारा की जा रही इस प्रार्थना को भी आकर्षण की शक्ति से टकराकर सफल होना ही था।

विश्व के द्वारा की जा रही प्रार्थना में कहीं मंदिर की घंटी की मधुर ध्वनि बज रही थी, कहीं शंखनाद हो रहा था, कहीं शब्द गूँज रहे थे तो कहीं अजान का स्वर बुलंद था। प्रार्थना के हर प्रकार में कामना केवल एक थी—'वाइल्ड बोर्स' टीम के सकुशल बाहर आने की।

ऐसी विकट परिस्थितियाँ ही मानवीयता को एक सूत्र में बाँधती हैं और इनसानियत का परिचय देती हैं।

## गुफा के बाहर आठवाँ दिन

**30 जून, 2018**

लगातार बारिश के कारण अंतरराष्ट्रीय प्रसिद्ध गोताखोर भी अभी तक बच्चों तक पहुँच पाने में असफल रहे थे। ऐसे में, हर ओर बच्चों की कुशलता के लिए दुआएँ हो रही थीं। अब बारिश धीमी हो चली थी। ऐसे में, बच्चों को ढूँढ़ने की प्रक्रियाएँ तेज कर दी गईं। सभी को यह ज्ञात था कि बच्चे आठ दिनों से भूखे-प्यासे गुफा के सँकरे और बारिश के ठहरे हुए पानी में फँसे थे। ऐसे में, उनके स्वास्थ्य को लेकर भी हर खेमे में चिंता थी। बारिश के रुकने पर गोताखोरों ने गुफा के अंदर जाने की योजनाएँ बनानी आरंभ कर दीं। अनेक देशों के विशेषज्ञ इस समय घटना-स्थल पर मौजूद थे। उनमें से मुख्य-मुख्य देशों के निम्न लोग शामिल थे—

बेल्जियम से फुकेत के एक डाइविंग स्कूल के मालिक बेन रेमेनेंटस गुफा की डाइविंग क्षमता में योगदान देने के लिए वहाँ उपस्थित थे।

कनाडा से वैंकूवर के एक गोताखोर प्रशिक्षक एरिक ब्राउन गुफा की डाइविंग टीम में से एक थे।

डेनमार्क से दो डेनिश डाइवर्स—इवान कराडजिक और सेन गुफा की डाइविंग टीम में शामिल थे।

फिनलैंड के डाइवर मिको पासी भी बचाव प्रयासों के लिए वहाँ मौजूद थे।

भारत से किर्लोस्कर ब्रदर्स लिमिटेड के विशेषज्ञ डिवॉटरिंग और पंपों पर तकनीकी जानकारी प्रदान करने के लिए घटना-स्थल पर थे।

इजराइल से डाइवर राफेल एरोश डाइविंग टीम में थे।

जापान से विशेषज्ञ शिगेकी मियाके समेत अनेक गोताखोर और इंजीनियर गुफा से पानी की पंप द्वारा निकासी करने में जुटे हुए थे।

लाओस, नीदरलैंड्स और रूस ने भी अपने-अपने विशेषज्ञ बच्चों को सकुशल निकालने के लिए भेजे हुए थे। इस प्रकार, विभिन्न देशों ने अपनी-अपनी सर्वश्रेष्ठ टीमें थाईलैंड की थाम लुआंग गुफा के पास भेजी हुई थीं।

अब गोताखोर अथक प्रयासों के कारण गुफा के अंदर जाने में कामयाब तो हो गए, लेकिन अभी तक वे वाइल्ड बोर्स टीम के सदस्यों तक नहीं पहुँच पाए थे। वे अभी भी उनसे दूर थे। हालाँकि अब गोताखोरों को बच्चों के पास पहुँचने की उम्मीद बँध चुकी थी कि वे जल्दी ही उन तक पहुँचने में कामयाबी प्राप्त कर लेंगे।

गुफा से वापस आने के बाद नए सिरे से गुफा के अंदर प्रवेश किए जाने के मार्ग तलाशे जाने लगे।

## गुफा के अंदर आठवाँ दिन

**30 जून, 2018**

नमी के कारण सबके शरीरों में कँपकँपी होने लगी थी और भूख से शिथिल उनके हाथ-पैर कमजोर पड़ गए थे; लेकिन फिर भी वे सभी एक-दूसरे के हाथ थामे हुए थे। सभी सिकुड़कर एक-दूसरे के समीप बैठे थे। गुफा में भरे पानी से वहाँ पर सीलन, बदबू और अंधकार ने पूरे वातावरण को बोझिल कर दिया था। ऐसे वातावरण में सभी बच्चे एवं कोच स्वयं को लगातार मजबूत बनाए हुए थे। सबसे ज्यादा दया का पात्र इस समय चैनिन था। वह नन्हा बच्चा आठ दिनों से भूखा, माता-पिता और परिवार से दूर ऐसे कठोर हालात का सामना कैसे कर रहा था? कोच एकापोल ने चैनिन को देखा तो उसकी अधखुली आँखों में चिंता और तनाव के चिह्न को तैरते हुए पाया। एकापोल ने कहा, "चैनिन, माता-पिता की याद आ रही है? बस, थोड़ा सब्र और करो। कोई-न-कोई मार्ग

निकल ही आएगा। प्रार्थना में बहुत शक्ति होती है। तुम सभी बहुत अलग तरह के मनुष्य हो। मेरी पूरी टीम ऐसे मनुष्यों की टीम है, जिनके विचार शुद्ध हैं। तुम्हें पता है कि विश्व में तीन तरह के मनुष्य होते हैं। इनमें पहले वे लोग होते हैं, जो पर्वत पर अंकित शब्दों के समान हैं। ऐसे लोग लंबे समय तक दुःख व क्रोध को अपने मन में बैठाकर रखते हैं। दूसरी तरह के लोग रेत पर लिखे गए शब्दों जैसे होते हैं। वे भी दुःख एवं क्रोध जैसे नकारात्मक भावों एवं विचारों से ग्रस्त होते हैं; लेकिन ऐसे मनुष्य जल्दी ही शांत हो जाते हैं। तीसरी तरह के व्यक्ति वे होते हैं, जो पानी पर लिखे गए शब्दों जैसे होते हैं। उनके पास नकारात्मक विचार फटकते तक नहीं, बल्कि वे अपने सामने आनेवाले निरर्थक विचारों को तुरंत झटक देते हैं। उनका मन हमेशा शुद्ध दर्पण जैसा रहता है। वे शीतल जल की तरह शांत रहते हैं। इस परीक्षा के समय हम सभी को शीतल जल जैसा शांत बनकर रहना है, तभी हम इस कठिन परीक्षा में पास हो पाएँगे। कई बार केवल धैर्य के अभाव में मनुष्य छोटे से दुःख को विकराल बना लेता है और पूरा जीवन दुःखी रहता है। इस समय धैर्य से काम लो। यदि हम सभी धैर्य से एक-दूसरे का हाथ थामे रहते हैं तो निश्चित ही विजयी बनकर बाहर निकलेंगे।"

एकापोल की ऐसी बातों का बच्चों पर सकारात्मक प्रभाव पड़ता और ऑक्सीजन के कम होते प्रभाव में भी उनका तन-मन ऊर्जा से प्रफुल्लित होकर मयूर की भाँति नृत्य करने लगता तथा उनके कमजोर शरीरों में शक्ति का संचार होने लगता।

बच्चों ने गुफा में संकट को दूर करने के लिए खेलने के भी प्रयास किए। सबने अपने-अपने पसंदीदा खेलों के बारे में बातें कीं। कुछ बच्चों ने बैडमिंटन से लेकर बॉक्सिंग तक खेलने की इच्छा जताई। बॉक्सिंग का ध्यान आते ही एकापोल उत्साह से भर उठे। वे बोले, "बच्चो, पंचिंग बैग आप में से बहुत से बच्चों ने देखा होगा। बॉक्सिंग करते समय इसी का प्रयोग किया जाता है। इस समय यह गुफा किक है और हम पंचिंग बैग। यदि हम सब पंचिंग बैग की तरह बने रहे तो जीत हमारी ही होगी।"

इस पर पिपत फो बोला, "सर, हम पंचिंग बैग की तरह कैसे हैं? समझ नहीं आया।"

एकापोल बोले, "पंचिंग बैग पर मुक्के मारकर उसे लगातार पिचकाने का प्रयास किया जाता है; परंतु कुछ देर बाद वह फिर पहले जैसा हो जाता है। यह कितनी हैरानी की बात है कि अनेक मुक्के बरसाने पर भी पंचिंग बैग कुछ देर पिचकने के बाद फिर से पहले की स्थिति में आ जाता है और फूल जाता है। हमारी जिंदगी भी लगभग वैसी ही है। इसमें समस्याएँ आती हैं और हम पर प्रहार करती हैं, हमें नीचे गिराने की कोशिश करती हैं; परंतु जब-जब भी ऐसा हो तो हम सभी को पंचिंग बैग की तरह से हो जाना चाहिए। कुछ देर परेशान होने के बाद पंचिंग बैग की तरह सामान्य अवस्था में आ जाना चाहिए। अगर हम जिंदगी के साथ लगातार ऐसा करते हैं तो समस्याओं रूपी किक अंततः थक जाती है और हार मानकर चली जाती है। फिलहाल हमारे सामने समस्या रूपी किक गुफा है। हमें इस किक का सामना करके गिरना नहीं है, बल्कि उठना है और उठकर

सँभलना है। हालाँकि मुझे मालूम है कि यह इतना सरल नहीं है; लेकिन जीवन में कामयाबी और बड़े लक्ष्य हासिल करने के लिए कभी कुछ सरल नहीं होता। जब-जब भी जिंदगी में समस्याओं और तूफानों की किक हमें गिराए, हमें बार-बार खड़े होना चाहिए। गिरकर खड़े होनेवाले ही शिखर तक पहुँचते हैं। आज तक ऐसा कोई भी व्यक्ति नहीं हुआ, जो चोट खाए बिना लक्ष्य या मंजिल तक पहुँचा हो।"

कोच की बात सुनकर पिपत फो बोला, "हाँ सर, आपने जिंदगी और पंचिंग बैग का बेहद खूबसूरती से वर्णन कर हमारे अंदर उत्साह भर दिया है।"

मोंगाकोल बूनेइआम बोला, "हम हर बार गिरकर खड़े होंगे और दोगुनी शक्ति के साथ परेशानियों की किक का सामना करेंगे।"

बच्चों के अंदर उत्साह एवं ऊर्जा देखकर एकापोल भी उत्साहित हो गए और वे सभी मिलकर एक-दूसरे को बचाने के लिए तैयार हो गए।

## नौवाँ दिन—गोताखोरों ने गुफा में ऑपरेटिंग बेस बनाया

### 01 जुलाई, 2018

लगातार बारिश के कारण अंतरराष्ट्रीय प्रसिद्ध गोताखोर भी अभी तक बच्चों तक पहुँच पाने में असफल रहे थे। बच्चों तक पहुँचने के लिए गोताखोरों ने गुफा के भीतर ऑपरेटिंग बेस बनाया। ऑपरेटिंग बेस बनाने के बाद वहाँ पर एयर टैंक और अन्य बुनियादी सामान पहुँचाए गए। यह इतना आसान न था। सँकरी गुफा तक एयर टैंक ले जाने में अनेक मुश्किलों का सामना करना पड़ रहा था। बड़े-बड़े पंपों की सहायता से पानी की निकासी भी जारी थी। विश्व के प्रसिद्ध गोताखोर अपनी सूझ-बूझ एवं योजना से हर वह कार्य करने का प्रयत्न कर रहे थे, जिससे कि बच्चों

तक पहुँचा जा सके और उनकी हालत का अंदाजा लगाया जा सके। विश्व के दिग्गज गोताखोरों के व्यक्तित्व की एक खूबी यह थी कि वे बिना थके सकारात्मक विचारों के साथ, टीम भावना के साथ लगातार प्रयासों में लगे हुए थे। वे मिलकर कार्य करते समय बातें भी कर रहे थे। उन्हीं में से एक गोताखोर समन कुनन बोले, "इस सर्वाधिक कठिन मिशन को हम सभी को जान हथेली पर लेकर पूरा करना है। यदि हम यहाँ अपना सर्वाधिक और सबकुछ देंगे तो यकीनन हम बेहद मूल्यवान् बनकर विश्व के सामने आएँगे। इससे कोई फर्क नहीं पड़ता कि वह मूल्य हमें जीवन रहते मिले या जीवन के बाद। यदि हम अपनी ड्यूटी को निभाते हुए, बच्चों की रक्षा करते हुए अपने जीवन को न्योछावर करते हैं तो भी हम जैसा भाग्यशाली कोई नहीं होगा।"

समन कुनन की बातों से सभी सहमत थे, क्योंकि वे सभी ऐसे गोताखोर थे, जिनके लिए मुसीबत में फँसे लोगों का जीवन बचाना अपनी जान बचाने से ज्यादा मायने रखता था। उनके पेशे की अनिवार्यता भी यही थी, तन-मन के समर्पण के साथ अन्य जीवन को बचाना। समन की बातों

से सबके अंदर जोश का संचार हो गया था। वे सभी अधिक उत्साहित होकर अपने मिशन में लग गए। आज नौवाँ दिन था।

अभी तक बच्चों की कोई खबर, कोई झलक नहीं मिल पाई थी। हालाँकि इस बात का आश्वासन था कि बच्चे गुफा के अंदर ही हैं, पर वे सभी उनकी मनोदशा से अनभिज्ञ थे। नौवें दिन तक बच्चे भूख को किस तरह से बरदाश्त कर पाए होंगे, सूरज की रोशनी के अभाव में किस तरह से उनका दिन बीत रहा होगा और विशेष रूप से छोटे बच्चों की क्या स्थिति होगी—ये सारी कश्मकश केवल गोताखोरों, थाईलैंड के निवासियों या अभिभावकों में ही नहीं थी, बल्कि पूरा विश्व यह जानने को आतुर था कि आखिर थाम लुआंग गुफा में फँसी फुटबॉल टीम की क्या हालत है? गोताखोरों ने बच्चों तक जल्दी पहुँचने के लिए पहाड़ों में ड्रिल करके अनेक छेद कर दिए थे, लेकिन सुराग नहीं मिल पाया था। अब उन्होंने पर्वत शिखर में बड़े छेद करने का विचार किया। बड़े छेद करने के विचार के पीछे उनका उद्देश्य था कि पर्वत में मार्ग बनाकर बच्चों को ऊपर से बाहर निकाला जा सके। इस पर काफी देर तक मंत्रणा होती रही; लेकिन बाद में इस विचार को टालना पड़ा। कई गोताखोरों ने गहराई में इस बात की जाँच की कि पहाड़ अत्यंत सख्त एवं मजबूत हैं। ऐसे में पहाड़ों में अधिक तोड़-फोड़ करने से उनका मलबा गुफा के अंदर गिरता। अब यह मलबा कहाँ और किस कोने में गिरता, इसका किसी को अंदाजा नहीं था। फुटबॉल टीम गुफा के किस कोने में और किस हाल में थी, इस बारे में किसी को कुछ भी अंदाजा नहीं था। ऐसी स्थिति में मलबा गिरने से फुटबॉल टीम के सदस्यों को हानि पहुँच सकती थी। दूसरा, बारिश के कारण यह विचार इतना कारगर भी नहीं होता। बारिश के कारण खुदाई करने में भी अनेक दिक्कतें उत्पन्न हो जाती हैं। इसके साथ ही दुर्घटनाओं की संभावना भी अधिक होती है। इसलिए इन सब विचारों को झटक कर

नई योजनाओं को बनाने में सभी एकजुट हो गए।

गुफा के अंदर पानी होने के कारण वहाँ पर दलदल की स्थिति उत्पन्न हो गई थी और ऑक्सीजन का स्तर लगातार कम होता जा रहा था। ऐसे में, ऑक्सीजन कम होने के कारण बच्चों की जान को खतरा था। इसलिए विश्व के सभी गोताखोर बिना समय गँवाए अपनी-अपनी सर्वश्रेष्ठ सेवाएँ देने में जुट गए। बड़े-बड़े पाइपों, टैंकों और पूरी सुरक्षा के साथ गुफा के और अंदर प्रवेश करने का निर्णय लिया गया। जॉन वोलेनथन, रिक स्टैटन, रिचर्ड हैरिस, शिगेकी मियाके, राफेल एरोश और अन्य सभी गोताखोर तीव्र गति से अपने मिशन को पूरा करने में लग गए।

## नौवाँ दिन—गुफा के अंदर

**01 जुलाई, 2018**

कीचड़ में बच्चे पस्त-से पड़ते जा रहे थे। ध्यान और एकाग्रता के कारण कोच एकापोल ने बच्चों को सँभाला हुआ था। बच्चे बाल-सुलभ चंचलता और खेलों को अंधकार, बदबू और दलदल के तले भूल बैठे थे। एक दिन पहले उन्होंने अपने-अपने रुचिकर खेलों के बारे में बात की थी। उस दौरान सभी बच्चे दुःख, अवसाद और पीड़ा को भूलकर खेलों की बातों को ध्यानपूर्वक सुन रहे थे।

कोच एकापोल ने एक बार फिर से बच्चों का खेल की ओर ध्यान आकर्षित करने का प्रयास किया। वह बोले, "कल मैंने तुम्हें बॉक्सिंग के पंचिंग बैग की बात बताई थी। इस समय हम सभी को पंचिंग बैग बनकर रहना है। पंचिंग बैग बने रहो और कुछ खेल खेलो।"

फिर से खेल का नाम और ध्यान आते ही कमजोर व शिथिल-से पड़ते बच्चों में ऊर्जा की चिनगारी-सी उत्पन्न हुई। पहले व दूसरे दिन

तक उन्होंने स्वयं को तनाव से बचाने के लिए गुफा के अंदर कुछ दिन हॉप स्कॉच खेल को अधिक खेला था; लेकिन जैसे-जैसे पानी का दबाव गुफा के अंदर होता जा रहा था, वैसे-वैसे पूरी टीम गुफा के अंदर—और अंदर खिसकती जा रही थी। अब पानी के अंदर उछल-कूद वाले खेल खेलने तो नामुमकिन थे।

एकरात बोला, "सर, अभी खेलने से ज्यादा आप खेलों से संबंधित ऐसी ही उत्साहवर्धक बातें बताइए न! इन्हें सुनकर पीड़ा और भूख-प्यास में भी तन-मन हर्षित हो उठता है।"

एकरात की बात सुनकर एकापोल बोले, "एकरात, मैंने बहुत से विश्व के ऐसे महान् व्यक्तियों के बारे में पढ़ा व सुना है, जिन्होंने बदकिस्मती को अपने संकल्प और साहस के आगे पराजित कर दिया था। उन्हीं में एक फ्रीडा काहलो के बारे में तुम्हें बताता हूँ। उनका जन्म 6 जुलाई, 1907 को हुआ था। छह वर्ष की उम्र में वह पोलियो से ग्रस्त हो गई। उसकी उम्र के सभी साथी उसे अकेला छोड़ देते थे। यह देखकर

उसे बहुत दुःख होता था। वह खेलने के लिए जब भी अपना पैर बढ़ाती तो नीचे गिर जाती। जैसे-जैसे वह बड़ी होती गई, उसने निश्चय कर लिया कि अपने गुणों से वह पोलियो की पीड़ा को मिटा देगी। उसे पढ़ना बहुत पसंद था और वह बड़ी होकर डॉक्टर बनना चाहती थी। लेकिन दुर्भाग्यवश 17 सितंबर, 1925 को जब वह स्कूल से घर आ रही थी तो बस से उसका एक्सीडेंट हो गया। उस दुर्घटना में अनेक लोग मारे गए और फ्रीडा बुरी तरह विकलांग हो गई।"

एकापोल के यह बताते ही प्राजक बोला, "ओह! फिर क्या हुआ? वह तो पहले ही पोलियोग्रस्त थी?"

एकापोल बोले, "हाँ, वह पहले ही पोलियोग्रस्त थी। इस दुर्घटना में उसकी पसलियाँ, दोनों पैर और कॉलर बोन टूट चुके थे। कई महीनों तक असाध्य पीड़ा झेलकर वह किसी तरह साँसें ले पा रही थी, यानी वह अभी जीवित थी। अब आगे का भविष्य क्या होगा, यह प्रश्नचिह्न उसके सामने खड़ा था। डॉक्टर तो अब वह बन नहीं सकती थी। आगे क्या… ? उसे पेंटिंग का भी शौक था। अब फ्रीडा ने पेंटिंग में अपना भविष्य बनाने की ठान ली। इसके लिए उसने अपने पास एक विशेष रूप से बनाए गए ईजल को बिस्तर के पास रखा और उसके ऊपर एक दर्पण रखकर पेंटिंग करनी आरंभ कर दी। जब भी वह टूटने लगती तो दर्पण में अपने अक्स को निहारती और स्वयं को मजबूत बनाकर पेंटिंग बनाने में जुट जाती। प्रारंभ में उसने अपनी बहनों और मित्रों के चित्र बनाए। इसके बाद उसकी कल्पना विस्तार लेती गई और वह आश्चर्यजनक चित्रों का निर्माण करने लगी। धीरे-धीरे उसकी ख्याति दूर तक फैलती गई। इतना ही नहीं, उसकी पेंटिंग को पेरिस अंतरराष्ट्रीय संग्रहालय के लिए खरीदा गया। जब उसकी पेंटिंग अंतरराष्ट्रीय संग्रहालय में रखी गई तो वह बीसवीं सदी की पहली मेक्सिकन पेंटर थी, जिसे यह सम्मान प्राप्त हुआ था। इस प्रकार फ्रीडा ने

अपने शरीर की बुरी तरह टूट-फूट के बाद यह साबित कर दिया था कि व्यक्ति तब तक नहीं टूट सकता, जब तक वह स्वयं टूटना न चाहे। यही बात इस समय हम सबको साबित करनी है।"

कोच एकापोल की बातों ने एक बार फिर से कमजोर होते बच्चों के अंदर ऊर्जा एवं साहस का संचार कर दिया था। इस समय उन्हें समय का बोध नहीं हो पा रहा था। कुछ देर तक बच्चे उत्साहित होकर गुफा से बाहर निकलने की युक्तियाँ सोचते रहें। समय बीतने के साथ-साथ निस्तेज चेहरों पर भूख-प्यास के कारण थकावट के चिह्न उभर आए।

अब एकापोल के चेहरे पर भी परेशानी के चिह्न थे। यह परेशानी उन्हें इस बात को लेकर थी कि बच्चों के घरों में अभिभावकों पर क्या बीत रही होगी? नौ दिन से बच्चे भूख, प्यास और नींद—तीनों की ही कमी महसूस कर रहे थे। कई बार बैठे-बैठे बच्चों की गरदन नींद से एक ओर को झुकती तो एकापोल की साँस गले में अटक जाती। वह बच्चों को थपथपाकर उन्हें सामान्य करते। आशा और विश्वास अभी भी एकापोल के हृदय में था। उसने सभी बच्चों से कहा, "आप जागते हुए भी सपना देख सकते हैं। अपने अंदर आशा और विश्वास को बनाए रखें। विश्वास में प्रतिभा, शक्ति और जादू होता है, इसलिए अपने विश्वास को जीवित रखें। यदि विश्वास मर गया तो आपका अंतर्मन भी मरना आरंभ हो जाएगा और फिर हम एक-एक करके अधिक शिथिल होते जाएँगे। एक-दूसरे का ठीक रहना ही हम सबकी शक्ति में वृद्धि करेगा। इसलिए हिम्मत से एक-दूसरे का हाथ थामे रखो। हमने अभी भी यह उम्मीद नहीं छोड़ी है कि हम यहाँ से बाहर निकल जाएँगे। उम्मीद पर विश्व के हर कार्य होते हैं। जब हम नौ दिनों से इस विशालकाय गुफा में अपने दिन गुजार रहे हैं तो कुछ दिन और सही। कोई-न-कोई मार्ग निकल ही आएगा।"

एकापोल की ऐसी बातें सुनकर बच्चों में साहस का संचार एक बार

फिर से एकत्र हुआ और सभी ने एक-दूसरे के हाथ थाम लिये। इसके बाद वे सुदृढ़ निश्चय के साथ गुफा से बाहर निकलने के लिए एकजुट होकर अपने प्रयासों में लग गए।

## दसवाँ दिन—गोताखोरों को मिली बड़ी सफलता

**02 जुलाई, 2018**

गुफा में ऑपरेटिंग बेस बनाने के बाद और वहाँ पर एयर टैंक के साथ ही अन्य सामान पहुँचाने के बाद गोताखोर तेजी से गुफा के कोने-कोने में बच्चों को तलाशने में जुट गए। मोटी-मोटी रस्सी लगाकर, दलदल को पार कर बच्चों के पास पहुँचने के प्रयत्न जारी थे। सँकरी व लंबी गुफा में डाइविंग करना बेहद दुष्कर था। उस पर बारिश, बाढ़ और कीचड़ गोताखोरों के हौसलों को पस्त करने के लिए काफी थी। जॉन वाल्थेन टॉर्च और अन्य उपकरण लेकर अपने साथी गोताखोरों के साथ कीचड़ से पार पाते, एक-एक कदम सावधानी से बढ़ाते आगे बढ़ते रहे। गुफा में जहाँ-जहाँ टॉर्च की रोशनी पड़ती, वहाँ-वहाँ पर खाली कोने देखकर सभी निराशा से भर जाते। रिक स्टैंटन बोले, "बस, बच्चे सही अवस्था में हों। ऐसे हालात में गुफा के विशेषज्ञ गोताखोर होते हुए इतनी कठिन

परिस्थितियों का सामना कर रहे हैं तो जो बच्चे गोताखोरी के साथ ही गुफा की कठिनाइयों से अपरिचित हैं, उनकी क्या स्थिति हो रही होगी?"

"हाँ रिक, यहाँ तो हाथ को हाथ भी नहीं सूझ रहा है। न जाने बच्चे बाढ़ के पानी से स्वयं को बचाते हुए कितना आगे तक निकल गए हैं! गुफा के अंदर तक हम भी बहुत आगे तक आ गए हैं, लेकिन अभी तो कुछ भी नजर नहीं आ रहा।" गोताखोर पटाया बीच के पास पहुँच गए थे।

वहाँ पर भी उन्हें बच्चों के होने के कोई चिह्न नहीं दिखे। यह देखकर गोताखोरों को भारी निराशा हुई। अब उन्होंने और आगे बढ़ने का निर्णय लिया।

विश्व के जाने-माने कुशल गोताखोर जॉन और रिक आगे बढ़ने लगे।

अन्य गोताखोर भी जॉन और रिक के पीछे-पीछे चले जा रहे थे। गुफा की गहराई तक चलते-चलते जॉन ने अपनी टॉर्च गुफा की दीवारों की ओर की। एक जगह जब उन्होंने टॉर्च का प्रकाश किया तो दो चमकती आँखें टॉर्च की रोशनी से टकराईं। अंधकार में जॉन को महसूस हुआ कि शायद भ्रम है। उन्होंने दोबारा से टॉर्च को उस ओर किया तो इस बार फिर आँखों की चमक दिखाई पड़ी। लेकिन जॉन को लगा कि शायद गुफा में कोई पक्षी होगा। वहाँ से नजर हटाकर वे आगे बढ़ने को तैयार ही हुए थे कि उसी ओर से उन्हें हलकी-सी ध्वनि का आभास हुआ।

उस ध्वनि से उन्हें अपने हृदय में हलचल-सी महसूस हुई। उन्होंने एक बार और टॉर्च को उसी दिशा में किया। इस बार लगातार वहाँ पर टॉर्च की रोशनी पड़ते ही जॉन की आँखें हैरत से भर गईं। उन्होंने ध्यान से टॉर्च को आगे बढ़ाया और स्वयं उसी दिशा में आगे बढ़ते चले, जहाँ पर उन्हें एक जोड़ी आँखें दिखाई देने का आभास हुआ था। वे धीमे-धीमे आगे बढ़ते रहे। कीचड़ के बीच में एक चट्टान थी। उस चट्टान पर

रोशनी पड़ते ही टीम के कई बच्चों ने तेज चौंधियाने वाली रोशनी देखकर अपनी आँखों को ढकने का प्रयास किया। तेज रोशनी के साथ ही इस बार बच्चों की आवाज की गूँज भी सुनाई दी।

यह देखकर जॉन के हृदय में तितलियाँ-सी उड़ने लगीं। उन्होंने बच्चों को खोजने में सफलता प्राप्त कर ली थी। रिक भी उनके साथ ही थे। इस समय जॉन की खुशी का पारावार न था। उन्होंने अपने भावों पर काबू रखा और टॉर्च को थोड़ा नीचे करते हुए बोले, "आप कितने लोग हैं?"

अंधकार में आवाज उभरी—"तेरह।"

"वाह! शाबाश! शानदार!"

रिक जॉन की बगल में ही खड़े हुए थे। उन्हें अभी तक यकीन नहीं हो रहा था कि वे जो कुछ भी देख रहे हैं, वह सच है या स्वप्न?

तेरह-के-तेरह लोग, जिनमें बारह बच्चे और एक कोच थे, वे जीवित और सही सलामत थे। इसके साथ ही जॉन ने यह भी महसूस किया कि नौ दिनों से बच्चे हवा, पानी, भोजन, नींद आदि से दूर होने के बाद भी मुसकराहट लिये हुए थे। जॉन एवं रिक ने बच्चों के साहस की प्रशंसा की और बोले, "घबराने की बात नहीं है। अब हम सभी तुम्हें बचाने के लिए आ गए हैं। तुम्हें बचाने के लिए गुफा के बाहर भी अनेक देशों के गोताखोर एवं विशेषज्ञ मौजूद हैं।"

यह खबर पाकर एकापोल खुशी से उछल पड़ा। आखिर इस समय उसकी भी जीत हुई थी। अपने इरादों और विचारों से उसने सभी बच्चों को इतने दिनों तक सही-सलामत अवस्था में रखा हुआ था।

शिथिल और कमजोर बच्चों को देखकर रिक बोले, "अभी तुम सबके लिए दवा एवं भोजन का प्रबंध किया जाएगा। जिस तरह तुमने नौ

दिनों तक इस अंधकार भरी गुफा में अपने जीवन की डोर को मजबूती से थामे रखा है, बस, उसी तरह से साहसपूर्वक इस डोर को थामे रखिए। आप इतिहास को बदल देंगे।"

इसके बाद पाँच जवान वहीं गुफा के अंदर उनकी देखभाल के लिए रुक गए और अन्य गोताखोर टीम के लिए भोजन, दवा एवं आवश्यक उपकरणों का प्रबंध करने के लिए वहाँ से वापस मुड़ गए।

जॉन एवं रिक ने यह खबर पूरे विश्व को दे दी कि सभी बच्चे सुरक्षित एवं जीवित हैं और अब उन्हें गुफा से बाहर निकालने के प्रयत्न किए जा रहे हैं।

यह समाचार सुनते ही सबसे अधिक प्रसन्नता अभिभावकों के चेहरों पर थी। जिस तरह गुफा में बच्चों ने एक-एक दिन गिन-गिनकर गुजारा था, उसी तरह अभिभावकों ने भी अपनी धड़कनों को गिरवी रखते हुए एक-एक पल को बोझिलता के साथ गुजारा था। बच्चों की साँसें और जीवन सही-सलामत है, यह सुनकर सभी ने सुकून की साँस ली थी।

अब तेजी से बच्चों को गुफा से बाहर निकालने का मिशन प्रारंभ हो गया था।

गुफा के अंदर बच्चों के लिए भोजन, दवाएँ एवं चिकित्सकों को भेजने के प्रबंध किए जाने लगे। बच्चों की देखभाल के लिए पाँच जवानों को उन्हीं के पास छोड़ दिया गया, ताकि आवश्यकता पड़ने पर जवान कमजोर बच्चों एवं कोच की देखभाल कर सकें। गुफा में पानी, दलदल, कीचड़ और अंधकार के कारण वहाँ के हालात काफी खराब थे। हवा एवं रोशनी न होने के कारण गुफा में कार्बन डाइऑक्साइड का स्तर लगातार बढ़ रहा था। ऐसे में बच्चों तक जल्दी से ऑक्सीजन के सिलेंडर भी पहुँचाए जाने जरूरी थे। अभी भी पूरी योजना के बिना उन्हें

गुफा से बाहर निकालना मुश्किल था।

जॉन एवं रिक ने बताया कि बच्चे जीवित तो हैं, लेकिन वे काफी कमजोर हो गए हैं और लगातार बाढ़ के पानी एवं नमी में रहने के कारण उनमें संक्रमण की भी आशंका है। इन सब बातों को सुनकर बच्चों के पास चिकित्सक उपकरणों एवं दवाइयों के साथ जाने के लिए तैयार हो गए। बच्चों के लिए गरम-गरम भोजन का इंतजाम किया जाने लगा, ताकि उनके अंदर ऊर्जा का संचार हो सके और वे स्थिति को ध्यानपूर्वक समझ पाएँ।

## दसवाँ दिन—गुफा के अंदर बच्चों की स्थिति

**02 जुलाई, 2018**

नन्हे चैनिन की हालत चिंताजनक-सी हो गई थी; लेकिन पूरी टीम ने चैनिन को अपने इर्द-गिर्द समेटा हुआ था। सभी एक-दूसरे के साथ थे। उन्होंने प्रयास कर पत्थरों के माध्यम से गुफा में सुरंग बनाने के साथ ही उसे तोड़ने के प्रयास भी किए थे; लेकिन विशालकाय गुफा में ये सभी

प्रयास विफल रहे थे। बच्चे कभी-कभी गुफा से टपकते पानी को पीने लगते। कुछ बच्चों को गंदगी और स्वच्छता में अंतर ही समझ नहीं आ रहा था। वे बाढ़ और कीचड़ के गंदे पानी को पीने को ही मजबूर थे। आखिर दस दिनों से जिन बच्चों ने रोटी का एक टुकड़ा न देखा हो, वे किस तरह जी रहे होंगे, इस बात का अंदाजा लगाया जा सकता है।

बच्चे कभी गुफा में स्थित चट्टान पर बैठ जाते तो कभी एक-दूसरे का हाथ थामकर खेल की बातें करने लगते। कुछ बच्चे अपने माता-पिता और भाई-बहनों को याद कर मायूसी में खो जाते तो कुछ एकाग्रता के साथ ध्यान में गुम हो जाते। एकापोल ने अपनी भूख-प्यास को दबाकर बच्चों को शांत रखने का सफल प्रयास किया था। 2 जुलाई को बच्चे कमजोरी महसूस कर रहे थे, लेकिन होश में थे। उन्हें कई दिनों से बार-बार ऐसा प्रतीत होता था जैसे कोई गुफा में चला आ रहा है। कभी-कभी किसी की पदचाप-सी सुनाई देती तो सभी के कान उस ओर लग जाते और उनकी धुँधली आँखों में चमक-सी आ जाती; लेकिन कुछ देर बाद भी जब वह पदचाप उन तक नहीं पहुँच पाती तो वे समझ जाते कि यह उनका भ्रम था या फिर पानी के बहाव की आवाज, जो उन्हें किसी इनसान के पदचाप की आवाजों का-सा एहसास करा रही थी। कुछ बच्चे चट्टान के ऊपर निढाल-से बैठे थे, कुछ ने अपने सिर एक ओर को टिकाए हुए थे। जो टार्चें वे अपने साथ लाए थे, वे कब की पानी में समाधि ले चुकी थीं। अंधकार में ही वे एक-दूसरे को आवाजों के माध्यम से पहचान रहे थे। दस दिनों से सूरज की रोशनी की एक किरण भी उन बच्चों ने नहीं देखी थी। वह गुफा थी ही ऐसी। वहाँ पर रोशनी, हवा एवं पानी का कोई प्रबंध नहीं था। अभी तो वर्षा के कारण गुफा जलमग्न हो गई थी, लेकिन मॉनसून न होने पर वह गुफा सूखी, सँकरी, अंधकार भरी और हवा-रहित रहती थी। पर्यटक मनोरंजन के तौर पर उस गुफा में जाते थे और कुछ ही पलों में वहाँ से बाहर आ जाते थे।

2 जुलाई को एकापोल अपनी टीम के साथ कीचड़ एवं पानी से सब को बचाते हुए चट्टानों के बीच में बैठे थे। अचानक किसी के पदचापों की आवाज उन्हें पानी को चीरती हुई-सी प्रतीत हुई; लेकिन बच्चों को लगा कि इस बार भी उनका भ्रम है। इसलिए वे इस बार चौकन्ने न होकर निस्तेज-से बैठे रहे। अचानक तेज रोशनी चट्टान के मुहानों पर बैठे बच्चों पर पड़ी। अचानक रोशनी को पाकर बच्चों ने तेजी से अपनी आँखों को ढका और रोशनी की ओर देखने का प्रयास किया। तभी उन तक आवाज आई।

"आप लोग ठीक हैं न?"

इस आवाज को सुनकर कई बच्चों ने अपने कानों को हाथ लगाया कि उन्होंने अपने अलावा किसी अन्य स्वर को सचमुच सुना है या यह उनका भ्रम है।

तभी फिर से एक आवाज उभरी।

"कितने लोग हैं आप?"

बच्चे डरते हुए बोले, "तेरह।"

"शानदार।" यह आवाज गूँजी।

अब टॉर्च की रोशनी जहाँ-जहाँ पड़ती, वहाँ-वहाँ बच्चों के चेहरे नजर आते।

सभी बच्चों को यह किसी चमत्कार से कम नहीं लग रहा था। उन्हें अभी तक यह यकीन नहीं हो रहा था कि इतने खतरनाक और भीषण दलदल एवं पानी से बचाने के लिए उनके पास विभिन्न देशों के विशेषज्ञ खड़े थे।

एकापोल के साथ ही अब बच्चों की चेतना जाग्रत्-सी हो रही थी

और साथ ही वे सभी आश्चर्य-मिश्रित भावों के साथ इधर-उधर देख रहे थे। कुछ देर तक गोताखोर भी आश्चर्यचकित थे, यह देखकर कि भयंकर आपदा भी बच्चों के हौसलों के आगे पराजित हो गई थी। बच्चों को जीवित देखने के बाद अब उनके स्वास्थ्य की जाँच और भोजन का इंतजाम करना अनिवार्य हो गया था। बच्चों को आश्वासन देने के बाद उन्हें स्वस्थ रखने के साथ ही उन्हें निकालने की योजनाओं पर तेजी से काम हो रहा था।

वे सभी तेरह सदस्य थाई भाषा से ही पूरी तरह परिचित थे। कुछ को कामचलाऊ अंग्रेजी आती थी। इसके बावजूद विदेशों के विशेषज्ञों के साथ ही टीम के सदस्यों की एक भाषा सामान्य थी। यह भाषा बिना बोले भी सबकुछ व्यक्त कर रही थी। जी हाँ, मुसकराहट। बच्चों एवं गोताखोरों के चेहरों पर जीवन की मुसकराहट कायम थी। इस मुसकराहट ने ही बच्चों एवं विशेषज्ञों के तार एक-दूसरे से जोड़े। ब्रिटिश गोताखोरों से अब्दुल समन ने अंग्रेजी में बात की। जिन दो गोताखोरों ने बच्चों को जीवित ढूँढ़ने में बड़ी सफलता पाई थी, वे जॉन वोलेंथन और रिक स्टैनन थे।

## जॉन वोलेंथन और रिक स्टैनन की जोड़ी

**जॉन वोलेंथन**—जॉन वालेंथन विश्व के बेहतरीन गोताखोरों में से एक हैं। जॉन की उम्र 47 साल है। बढ़ती उम्र उनके लिए वृद्धावस्था का निशान नहीं, बल्कि एक गहरा अनुभव है। एक ऐसा अनुभव, जिसके बल पर उन्होंने अपनी सूझ-बूझ एवं चातुर्य से अनेक खतरनाक कार्यों को अंजाम दिया है। जॉन्न वोलेंथन की फिटनेस का पूरा विश्व लोहा मानता है। वह ब्रिस्टल में इंटरनेट इंजीनियर हैं।

**रिक स्टैनन**—रिक की उम्र 56 वर्ष है; लेकिन उनकी फिटनेस को देखकर उनकी उम्र का अंदाजा लगाना बेहद मुश्किल है। अपनी फिटनेस

और कार्य-कुशलता, चपलता एवं गति में वे 20 वर्ष के युवकों को भी पछाड़ने में सक्षम हैं। रिक ने बचपन से ही यह तय कर लिया था कि उन्हें विश्व का सर्वश्रेष्ठ गोताखोर बनना है। इसमें उनकी दिलचस्पी उस समय हुई, जब वह टेलीविजन पर एक कार्यक्रम 'अंडरग्राउंड एगर' देख रहे थे। उस कार्यक्रम में गुफाओं से संबंधित जानकारी प्रदान की जा रही थी। रिक को वह बेहद दिलचस्प लगी और उन्होंने मन-ही-मन में दृढ़ निश्चय कर लिया कि वे गोताखोर ही बनेंगे। अपने दृढ़ निश्चय का पीछा करते-करते वे कैविंग और डाइविंग क्लब में शामिल हो गए। उन्होंने कम उम्र से ही गुफाओं के बारे में जानने के लिए गोताखोरी आरंभ कर दी थी। वे 25 सालों तक इंग्लैंड के कॉवेंट्री शहर में अग्निशमन विभाग का हिस्सा रहे हैं।

## रिक और जॉन की जोड़ी

रिक और जॉन की जोड़ी को विश्व के बेहतरीन गोताखोरों में से

एक माना जाता है। रिक और जॉन वर्ष 2010 में फ्रांस की एक गुफा में फँसे एक गोताखोर को बचाने में कामयाब रहे थे। रिक ने वर्ष 2004 में मेक्सिको में फँसे 13 ब्रिटिश नागरिकों को बचाया था। वर्ष 2013 में रिक को उनके बचाव कार्यों में मिली कामयाबी को देखते हुए प्रसिद्ध 'एम.बी.ई.' अवॉर्ड दिया गया। वर्ष 2011 में इन दोनों की जोड़ी ने उत्तरी स्पेन में एक खास उपकरण की मदद से 9 किलोमीटर लंबी गुफा में गोता लगाने का विश्व रिकॉर्ड बनाया था। इसलिए ऐसे मुश्किल समय में इन गोताखोरों से बेहतर भला कौन हो सकता था! रिक और जॉन ने बचपन से ही खतरों से खेलते हुए स्वयं को तन और मन से बेहद मजबूत बनाया हुआ है। उन्होंने लोगों की इस धारणा को भी गलत साबित कर दिया कि उम्र बढ़ने के साथ-साथ शरीर कमजोर हो जाता है। 47 और 56 वर्ष की उम्र में थाईलैंड की थाम लुआंग गुफा में डाइविंग करते हुए बच्चों को ढूँढ़ना किसी चमत्कार से कम नहीं था और इस चमत्कार के मुख्य जन्मदाता जॉन वोलेंथन और रिक स्टैनन ही हैं।

जॉन वोलेंथन और रिक स्टैनन ने मुश्किल कार्यों को कुशलतापूर्वक निभाकर यह साबित कर दिया है कि कोई भी मुश्किल इनसान के जुनून और हौसलों से बड़ी नहीं होती। जब व्यक्ति के इरादे दृढ़ और हौसले आसमान से भी ऊँचे हो जाते हैं तो हर पहाड़ और गुफा को मार्ग से हटना ही होता है और दृढ़ संकल्प के धनी जॉन व रिक जैसे व्यक्तियों के लिए मार्ग सरल करना ही होता है।

## ग्यारहवाँ दिन

**3 जुलाई, 2018**

पूरे विश्व में मीडिया के माध्यम से यह खबर फैल चुकी थी कि 23 जून, 2018 को थाम लुआंग गुफा में घुसी वाइल्ड बोर्स टीम के सभी

सदस्य एवं कोच जीवित मिल गए हैं। गुफा के बाहर अनेक देशों के विशेषज्ञ, चिकित्सक एवं अन्य लोग मौजूद थे। बच्चों के लिए भोजन का इंतजाम किया जाने लगा। इसके साथ ही गोताखोरों के साथ ही चिकित्सकों की टीम को भी वहाँ भेजने के इंतजाम किए जाने लगे, ताकि वे बच्चों की जाँच कर यह देख सकें कि वे किसी संक्रमण से ग्रस्त तो नहीं हो गए हैं। कई दिनों तक बच्चे आम जीवन से दूर रहे थे। ऐसे में उन्हें जल्दी से वापस सामान्य जीवन की ओर लाना अनिवार्य था।

गुफा से बच्चों को कैसे बाहर लाया जाएगा, इसके लिए पुख्ता इंतजाम किए जा रहे थे। जरूरी दवाइयाँ, भोजन एवं पानी बच्चों तक पहुँचाने के लिए गोताखोर एयर बैग के साथ तैयार हो गए। भारी बैग एवं सामान के साथ गुफा में डाइविंग करना अत्यंत मुश्किल था, लेकिन फिर भी गोताखोर अपनी जान पर खेलकर इस मिशन को अंजाम देने में जुटे हुए थे। बच्चों के जीवित मिलने की खुशी ने इस मिशन में कार्यरत लोगों के चेहरों पर न केवल मुसकान ला दी थी, बल्कि उन्हें तेजी से बचाव कार्य करने के लिए प्रेरित भी कर दिया था।

गोताखोर पटाया बीच को पार कर बच्चों के पास पहुँचे। इस समय वे बच्चों के लिए भोजन, स्वच्छ पानी और दवाइयाँ लेकर आए थे। सभी बच्चों को पोर्क और चावल खाने के लिए दिए गए। कई दिनों बाद बच्चों ने भोजन को देखा था, इसलिए उन्हें खाते समय असुविधा हो रही थी। चिकित्सकों ने बच्चों की जाँच की तो पाया कि उन सभी का वजन पहले से काफी कम हो गया था। उनमें से कई शारीरिक रूप से दुर्बल भी नजर आ रहे थे। अशक्त व निस्तेज होने के बाद भी बच्चों की एक खूबी सराहने लायक थी कि वे अपने कोच एकापोल की इस बात को गहराई तक अपना चुके थे कि हर हाल में मुसकराना चाहिए। वे सभी मुसकराते हुए नजर आ रहे थे। उस दिन गुफा के अंदर उनका एक वीडियो बनाया गया, ताकि अभिभावक अपने बच्चों को सही स्थिति में देखकर निश्चिंत हो सकें। उस वीडियो को देखकर बच्चों के अभिभावकों के तनाव की रेखाएँ काफी कम हो गईं। कुछ ही देर में वह वीडियो पूरे विश्व में वायरल हो गया। जो भी उस वीडियो को देखता, वह बच्चों के साहस की सराहना किए बिना न रहता।

चिकित्सक सभी बच्चों की गहनता से जाँच कर चुके थे। सबकी जाँच करने के बाद उन्होंने उन्हें तरल पदार्थ, विटामिन्स और खनिज पानी का विशेष आहार देने पर जोर दिया, ताकि वे जल्दी से सामान्य स्थिति में आ सकें। बच्चों ने अपने माता-पिता को लिखकर संदेश भी दिया। सभी बच्चों के मनोभावों को कागज पर अंकित करने के लिए गोताखोर अथक प्रयासों से उनके लिए कागज और कलम लेकर आए थे। एक बच्चे ने अपने माता-पिता को लिखा कि "वे उनकी चिंता न करें। वे सब सही-सलामत हैं।"

दूसरे बच्चे ने गुफा से बाहर आने पर बढ़िया भोजन खाने की इच्छा जताई थी। कोच एकापोल ने बच्चों के अभिभावकों से माफी माँगी थी और वादा किया था कि वह उन्हें सकुशल बाहर लेकर आएँगे।

अनेक चिकित्सक गुफा के अंदर थे। उन्होंने बच्चों को आवश्यक दवाइयाँ दीं। उन सभी का लगभग दो किलो के आसपास वजन कम हो गया था, हालाँकि वे स्वस्थ लग रहे थे। सबसे बड़ी बात यह थी कि इतनी मुश्किलों के बावजूद उनके चेहरों पर मुसकान थी। अब यह मुसकान विजय का रूप लेने जा रही थी। अपने इर्द-गिर्द अनेक लोगों को देखकर अब बच्चों को एक तरह से नैतिक सहयोग प्राप्त हो गया था कि उन्हें कुछ नहीं होगा और वे सभी बच जाएँगे। किसी भी मुश्किल के समय जब सभी लोग सकारात्मक विचारों के साथ एक-दूसरे का हाथ थाम लेते हैं और एक-दूसरे को सकारात्मक सांत्वना देते हैं तो बाधाओं को मुँह मोड़ना ही पड़ता है। अब इन बच्चों के बड़े सपनों ने जन्म ले लिया था। जब सपने बड़े हो जाते हैं तो उसके आगे हर बाधा और समस्या को छोटा होना ही होता है। यदि समस्या छोटी होने से इनकार कर देती है तो दृढ़ संकल्पवाले लोग समस्या को ही जीवन से बाहर निकालकर फेंक देते हैं और फिर मार्ग की ओर बढ़ चलते हैं। ऐसा ही इस समय यहाँ देखने को मिल रहा था। बच्चों का मुसकराना और उनका जीवित स्थिति में मिलना एक चमत्कार ही था। चमत्कार होते हैं और हर बार होते हैं। बस, इसके लिए आशा और विश्वास की डोर को थामे रखना चाहिए।

## बारहवाँ दिन

**4 जुलाई, 2018**

बच्चों को भोजन, पानी एवं दवा मिलने के बाद उनकी ऊर्जा शक्ति बढ़ गई थी। अब उनके अंदर साहस एवं शक्ति का संचार भी होने लगा था। इसके साथ ही उनकी मानसिक चेतना इस बात को समझ गई थी कि अब वे सकुशल बाहर निकलने से बस, कुछ कदम की ही दूरी पर हैं। इसके लिए विश्व के कोने-कोने से आए स्वैच्छिक

सेवा देनेवाले लोगों के अलावा विभिन्न विशेषज्ञ, अधिकारी एवं कर्मी वहाँ मौजूद थे। पानी भरी सँकरी गुफा से निकलना इतना आसान भी नहीं था। उसके लिए बच्चों को तैरना आना जरूरी था। इनमें से कुछ बच्चे तैरना जानते थे, लेकिन फिर भी पानी के बढ़ते स्तर के कारण बहाव के साथ वही लोग ठीक से तैर सकते थे, जो तैराकी अच्छी तरह जानते थे। ऑक्सीजन की कमी के कारण भी गुफा से बाहर निकलने में परेशानियाँ हो सकती थीं। गुफा के अंदर ऑक्सीजन सिलेंडर के साथ ही अन्य उपकरण पहुँचाए जा रहे थे। बच्चों को गुफा से बाहर निकालने के लिए कुछ बुनियादी बातों की जानकारी देना आवश्यक था। बचावकर्मियों ने बच्चों को गोताखोरी के मास्क और साँस लेने के उपकरणों का प्रशिक्षण देना प्रारंभ किया। जब तक बच्चे साँस लेने के उपकरणों और मास्क का ढंग से प्रयोग करना नहीं सीख जाते, तब तक उनका गुफा से बाहर निकलना बेहद मुश्किल था। ऐसी दशा में बच्चों एवं बचावकर्मियों सभी को अपने-अपने हिस्से की सर्वश्रेष्ठ सेवाएँ एक-दूसरे को देनी थीं, ताकि मिशन को सफल बनाया जा सके और सभी को सुरक्षित बाहर निकाला जा सके। बच्चों ने बचावकर्मियों की बातों और प्रशिक्षण को तेजी से अपने मस्तिष्क में उतारना प्रारंभ कर दिया था। बचावकर्मी उपकरणों की सहायता से उन्हें प्रशिक्षण

प्रदान कर रहे थे और व्यावहारिक रूप से उन्हें उपकरणों का प्रयोग करना सिखा रहे थे।

बच्चे नौ-दस दिन तक बिना भोजन के रहे थे। ऐसी स्थिति में उनकी शारीरिक क्षमता का ह्रास हो चुका था। उस शारीरिक क्षमता के साथ ही मानसिक स्थिति को मजबूत बनाए रखना भी एक चुनौती थी। बचावकर्मियों ने गुफा के अंदर की स्थिति देखकर यह समझ लिया था कि इस विशालकाय गुफा से प्रशिक्षित गोताखोरों का निकलना भी मुश्किल था। ऐसे में बच्चों के लिए तो यह चुनौती बहुत बड़ी थी। हालाँकि बच्चों ने लगातार नौ दिन गुफा से भरे पानी में बिताकर यह साबित कर दिया था कि वे हर तरह के जोखिम उठाने के लिए तैयार हैं।

गुफा के पानी के स्तर को कम करने के लिए बड़े-बड़े पंपों के द्वारा पानी को बाहर निकालना भी जारी था। बच्चों को सकुशल बाहर निकालने की कोशिश ने पूरे विश्व को एक साथ कर दिया था। हर ओर दुआओं और दवा का जोर था। इस समय पूरी मनुष्य जाति मानवीयता से गुँथी एक अद्‌भुत डोर में बँधी नजर आ रही थी। इसलिए तो मानव को सबसे अद्‌भुत और श्रेष्ठ प्राणी की संज्ञा दी गई है। मानवीयता का अर्थ ही है—एक-दूसरे के सुख-दुःख में सहभागिता करना और मिल-बाँटकर प्रेम से हर वस्तु का वितरण करना।

मनुष्यता अगर मानवीयता के रंग में रँगी रहे तो वह हर चमत्कार को छू सकती है और असंभव को संभव बना सकती है।

दूर-दूर से आए गोताखोरों, चिकित्सकों, बचावकर्मियों आदि के प्रयास इस समय अपने चरम पर थे और उन सभी के सामने अभी केवल एक लक्ष्य था—मानवीयता को ऊपर उठाने के लिए सभी को जीवित बाहर निकालना। सभी अपने इस प्रयास को शिद्‌दत से पूरा करने में जुटे हुए थे।

## तेरहवाँ दिन

### 5 जुलाई, 2018

गुफा के अंदर अब बच्चों के साथ बचावकर्मी एवं कई जवान मौजूद थे। अनेक लोगों के बीच में अब जूनियर वाइल्ड बोर्स टीम के सदस्य सामान्य स्थिति में आने लगे थे। डर अब धीरे-धीरे दूर हो रहा था। लेकिन अभी सबसे बड़ी समस्या यह थी कि बच्चों को निकाला कैसे जाए? 4 जुलाई से बच्चों को प्रशिक्षित किया जा रहा था, लेकिन इतनी जल्दी बच्चों का तैराकी में पारंगत होना मुश्किल था। गुफा में जल स्तर बढ़ा हुआ था और ऑक्सीजन की मात्रा वहाँ लगातार कम हो रही थी। बचावकर्मी एक तरफ बच्चों को तैराकी की बारीकियाँ बता रहे थे तो दूसरी ओर उन्हें साँस लेने के उपकरणों का प्रयोग करना भी सिखा रहे थे। उधर, बारिश के बंद होने के अभी कोई आसार नजर नहीं आ रहे थे। प्रकृति का यह कहर न जाने क्या करवट लेने वाला था! बच्चों के साथ ही अनेक लोगों की जान इस समय मुश्किल में थी। संघर्ष और प्रयासों से यह नया रूप ले रही थी और बाहर यह हलचल थी कि जल्दी ही बच्चे बाहर निकल आएँगे। बच्चों तक जीवन से संबंधित हर बुनियादी आवश्यकता को गुफा के अंदर पहुँचाए जाने का प्रयास किया जा रहा था। अनेक स्वैच्छिक संगठन एवं लोग बचावकर्मियों के लिए भोजन एवं अन्य तरह की सहायता करने के लिए जुटे हुए थे। मौसम विभाग ने बताया कि अभी बारिश बंद होने के कोई आसार नहीं दिख रहे हैं। ऐसी हालत में एक समूह पहाड़ों की खोज करने में जुट गया, जिसमें दरारें कर लोगों को सही-सलामत बाहर निकाला जा सके। पहाड़ के ऊपर से गुफा के अंदर जाने के लिए वैकल्पिक मार्ग तैयार किए जाने के बारे में भी फिर से कोशिश की जाने लगी। पहाड़ के ऊपर जाकर मालूम हुआ कि ऊपर से वैकल्पिक मार्ग निकालना इतना आसान नहीं था। पहाड़ की विशालकाय देह और मजबूती ने इस योजना

को असफल कर दिया था। गुफा के चप्पे-चप्पे पर ऐसा स्थान ढूँढ़ा जा रहा था कि कोई ऐसा सुराग हाथ लग जाए, जिससे बाहर निकलना सहज हो जाए; लेकिन लगातार बरसते पानी में ऐसा कुछ नजर नहीं आ रहा था।

अभी भी गुफा के अंदर दलदल और पानी के दबाव के कारण बीमार होने की आशंका प्रबल थी। बल्कि अब तो गुफा के अंदर अनेक लोग उपस्थित थे, इस कारण वहाँ ऑक्सीजन की मात्रा लगातार घट रही थी और कॉर्बन डाइऑक्साइड का स्तर लगातार बढ़ रहा था।

## चौदहवाँ दिन

### 6 जुलाई, 2018

गुफा के अंदर बच्चों के लिए अस्थायी बेस कैंप बनने से बहुत राहत मिल रही थी। जिन बच्चों ने नौ दिनों तक समुचित ऑक्सीजन के अभाव में दिन गुजारे थे, वे इसकी महत्ता को समझ सकते थे। पटाया बीच के करीब ही ऑक्सीजन लाइन भी बिछा दी गई थी, ताकि बच्चे साँस ले सकें। गोताखोर एवं बचावकर्मी तीव्रता से कार्य को पूरा करने में जुटे हुए

थे। बच्चों तक एयरलाइन बिछाई जा रही थी। गोताखोर सावधानीपूर्वक काम को कर रहे थे। पूर्व सैन्य गोताखोर समन कुनान पूरे समर्पण के साथ काम में लगे हुए थे। वे बच्चों के लिए गुफा में खाना पहुँचाने के लिए आए हुए थे। खाना पहुँचाने के बाद समन बच्चों से विदा लेने के लिए पहुँचे। बच्चों ने हाथ हिलाकर उन्हें विदा का संकेत दिया। यह देखकर समन कुनान जाते-जाते बच्चों से बोले, "तुम सभी बहुत साहसी हो। मैं तुम्हें बचाने के लिए जान हथेली पर लेकर हर असंभव कार्य को करने का प्रयास करूँगा। हम सभी तुम्हारे साथ हैं। बस, कुछ देर की बात है। उसके बाद तुम सभी खुली हवा में चैन की साँस लोगे और अपने-अपने माता-पिता के साथ खुशियों भरा जीवन जिओगे।"

इसके बाद उन्होंने गुफा से बाहर आने की दिशा में आना प्रारंभ कर दिया।

गुफा से बाहर आते-आते अचानक समन को साँस लेने में असुविधा हुई। उन्होंने अपने साथ लाए गए उपकरणों को ठीक करने का प्रयत्न किया; लेकिन ऑक्सीजन की सप्लाई कम होने के कारण वह खुद को सँभाल नहीं पाए और मूर्च्छित होकर गिर पड़े। जब अन्य बचावकर्मियों

को यह सूचना मिली तो वे जल्दी से समन कुनान के पास पहुँचे। बेहोशी की हालत में उन्हें लाया गया। उन्हें जल्दी ही चिकित्सा प्रदान की गई।

लेकिन साहसी एवं दिलेर गोताखोर समन बच्चों को बचाते-बचाते स्वयं ऑक्सीजन की सप्लाई कम होने के कारण जीवन से हार चुके थे। उन्हें बचाया न जा सका। समन ने जान हथेली पर रखकर बच्चों को बचाते-बचाते स्वयं को कुरबान कर दिया था। वह प्रारंभ से ही यह कहते आए थे कि हर हाल में बच्चों को बचाना है, चाहे इसके लिए उनकी जान ही क्यों न चली जाए। और उनकी जान चली गई। पूरा विश्व अपने नम आँसुओं से समन को हमेशा के लिए विदाई दे रहा था। किंतु इस नाजुक पल में समन की मृत्यु के दुःख पर अफसोस जताने का समय भी न था।

मगर 38 वर्षीय समन की दुःखद मृत्यु ने सबको तोड़कर रख दिया था। इसके साथ ही यह बात भी सामने आ गई थी कि गुफा से बच्चों को निकालना वाकई एक बहुत बड़ी चुनौती है और उन्हें बाहर किस तरह निकाला जाए, इसके लिए बहुत कुशलता से योजनाएँ बनाई जानी अभी बाकी थीं। जरा-सी लापरवाही या चूक सबकी जान ले सकती थी। समन कुनान की दुःखद मृत्यु ऐसी ही चूक का परिणाम थी। सभी गोताखोरों के लिए अब विशेष रूप से सतर्क होना जरूरी था। गुफा में बच्चों को पानी में ऑक्सीजन मास्क के जरिए साँस लेने के बारे में ध्यानपूर्वक बताया जा रहा था। उन्हें इस बात की जानकारी दी जा रही थी कि यदि तैरते-तैरते पानी उन्हें नुकसान पहुँचाने लगे तो उससे स्वयं को किस तरह बचाना है। इन निर्देशों को सुनते हुए बच्चे घबरा रहे थे। वे पानी से भयभीत थे। उनके मन से पानी का भय अभी निकला नहीं था।

### समन कुनान

समन कुनान थाई नेवी सील के पूर्व गोताखोर थे। 38 साल के समन

कुनान गुफा में फँसे बच्चों के पास खाने-पीने का सामान पहुँचाने के लिए गए हुए थे। उन्होंने नेवी सील को छोड़ दिया था; लेकिन गुफा में बच्चों के फँसे होने की खबर सुनकर वे अपनी सेवाएँ देने के लिए लौटकर आए थे। ऑक्सीजन की कमी के चलते वे बेहोश हो गए। उन्हें होश में लाने के भरसक प्रयास किए गए, लेकिन सभी प्रयास विफल रहे। इस तरह समन कुनान ने अपनी जान पर खेलकर बच्चों को बचाए रखने में महत्त्वपूर्ण भूमिका निभाई। विश्व कभी भी ऐसे लोगों की कुरबानी नहीं भूलता, जो अपनी जान पर खेलकर दूसरों की जान बचाने में सदैव अग्रणी रहते हैं। समन कुनान का नाम सदैव स्वर्णाक्षरों में लिखा जाएगा और उन्हें सदियों तक एक मिसाल के रूप में याद किया जाएगा।

समन कुनान चाहते तो आराम से अपने घर में बैठकर टेलीविजन पर उन बच्चों को बचाए जाने की खबरें सुनते; लेकिन मानवता की भावनाएँ और कुछ सेवाएँ ऐसी होती हैं कि वे व्यक्ति को लगातार प्रेरित करती रहती हैं कि वे अपनी जान की परवाह न करते हुए मानवता को बचाए रखने में अपना महत्त्वपूर्ण योगदान दें। समन कुनान के परिवार में उनकी युवा पत्नी हैं। उनके सामने एक लंबा जीवन है। समन कुनान जैसे कुशल एवं योग्य गोताखोर की मौत से पूरा विश्व यह जान गया था कि थाम लुआंग गुफा बेहद खतरनाक है। उससे बाहर निकलना मौत को जीतने के बराबर है। मौत को जीतने के लिए ही समन कुनान ने अपना जीवन दिया था। इसलिए अब सभी का जीवन बचाना बेहद जरूरी था।

## पंद्रहवाँ दिन

**7 जुलाई, 2018**

गोताखोर समन कुनान की असामयिक मृत्यु से गुफा में सभी बच्चे एवं बचावकर्मी बेहद दुःखी थे। उनकी मृत्यु के बाद से बचावकर्मियों की

जिम्मेदारी बेहद बढ़ गई थी। अब उन्हें धैर्य और सतर्कता के साथ कार्य करना था। जब समन कुनान जैसे कुशल गोताखोर भी इस असामयिक आपदा का शिकार हो सकते हैं तो बच्चों को गुफा से बाहर निकालते समय कितनी अधिक सतर्कता और साहस बरतना पड़ेगा, इस बात को गोताखोर बहुत अच्छी तरह से समझ चुके थे। अभी बच्चे गुफा से उपकरणों के साथ निकलने के लिए तैयार नहीं हो पाए थे। गोताखोरों ने यह बात बचाव प्रमुख नारोंगसाक असोतानाकोर्न तक पहुँचाई। नारोंगसाक असोतानाकोर्न ने पूरे विश्व के सामने इस बात को रखा कि अभी बच्चे पानी में गोता लगाने के उपयुक्त नहीं हैं और वे दुर्घटना के शिकार हो सकते हैं। इसलिए उन्हें गुफा से बाहर निकालने का जोखिम तभी लिया जाएगा, जब सभी बच्चे गुफा से निकलने के लिए मानसिक एवं शारीरिक रूप से फिट पाए जाएँगे।

करीब सौ गोताखोर बच्चों को बचाने के लिए अपने प्रयासों में जुटे हुए थे। चिंताजनक बात यह थी कि गुफा से रिस-रिसकर पानी लगातार एकत्र होता जा रहा था। इससे गुफा में ऑक्सीजन का स्तर कम हो रहा था और बहते पानी से बाहर कैसे निकला जाए, इस बारे में कुछ सूझ नहीं रहा था। अनेक डॉक्टर एवं विशेषज्ञ बच्चों के साथ थे। टीम तक

सकुशल पहुँचने के प्रयास में गुफा के लिए अनेक मार्ग अपनाए जा चुके थे। गुफा में छेद करने से लेकर पहाड़ तोड़ने तक की योजनाएँ विफल हो चुकी थीं। थाम लुआंग गुफा का खौफनाक रूप पूरे विश्व के सामने उजागर हो चुका था। एक ऐसी गुफा, जो जीवित ही व्यक्तियों को मौत की नींद सुलाने के लिए प्रयासरत थी।

एकापोल विश्व के अनेक लोगों एवं पूरी सरकार को अपने एवं टीम के बचाव के लिए लगे हुए देखकर बेहद आत्मग्लानि महसूस कर रहे थे। वे समन की मृत्यु का जिम्मेदार भी स्वयं को मान रहे थे। उन्होंने एक पत्र में लिखकर अभिभावकों से माफी माँगी थी और स्वयं को इस कृत्य का जिम्मेदार ठहराया था। यह भावुक संदेश देखकर सभी लोग बहुत द्रवित हो गए थे और उन्होंने एकापोल को अपराधी मानने से इनकार कर दिया था। साथ ही, उन्हें संबल भी दिया था कि वे इस समय स्वयं को तथा बच्चों को बचाए जाने पर ध्यान दें। इस हादसे में उनका कोई दोष नहीं है। अभिभावकों की इन बातों से कोच के मन में सबके प्रति बेहद श्रद्धा उत्पन्न हो गई थी।

पंद्रहवें दिन तक भी बच्चों को बाहर नहीं निकाला जा सका था। गुफा के अंदर स्थितियाँ बदतर होती जा रही थीं। ऐसे में बचावकर्मियों के साथ ही बच्चों ने भी दृढ़ निश्चय कर लिया था कि अब खतरा मोल लेते हुए उन्हें बाहर निकलने का साहस जुटाना ही होगा। एकापोल ने एक बार फिर से अपनी टीम को ध्यान एवं एकाग्रता के साथ साहस एकत्रित करने पर जोर दिया। बच्चों ने अपने कोच की बात का पालन भी किया और वे सभी अब गुफा से बाहर निकलने के लिए मानसिक रूप से तैयार हो चुके थे।

# सोलहवाँ दिन—बड़ी सफलता का दिन

## 8 जुलाई, 2018

रविवार, 8 जुलाई को बचावकर्मियों ने एक बड़ा निर्णय लिया। वह निर्णय था हर हाल में उस दिन बच्चों को गुफा से बाहर निकालने का; क्योंकि यदि बच्चों को निकालने में प्रतिदिन इसी तरह देरी की जाती रही तो कहीं बहुत देर न हो जाए।

इस मिशन को कामयाब बनाने के लिए विश्व के दिग्गज गोताखोर, डॉक्टर एवं जवान अपनी-अपनी भूमिका पूरी जिम्मेदारी के साथ निभा रहे थे।

बच्चों को गुफा से बाहर निकालने के लिए डॉक्टरों ने बच्चों से बातें करनी आरंभ कीं, उन्हें मानसिक रूप से मजबूत बनाया और उनके तनाव एवं डर को बाहर निकाला।

बच्चों के आगे-पीछे दो गोताखोर तैनात किए गए। आगे-पीछे दो गोताखोरों को इसलिए तैनात किया गया, ताकि यदि बच्चे घबरा जाएँ तो वे उन्हें सँभाल सकें। ऑक्सीजन की कमी के कारण गुफा में उनकी जान पर संकट था। इसलिए अब 'करो या मरो' की स्थिति में उन्हें बचाने के

लिए प्रयास तेज कर दिए गए थे। चार ब्रिटिश और ऑस्ट्रेलियाई गोताखोरों के नेतृत्व में तेरह अंतरराष्ट्रीय गोताखोर और पाँच थाई सैन्य सील गोताखोर बच्चों को सुरक्षित निकालने के प्रयासों में लगे हुए थे। बच्चे कई दिनों से ठंडे पानी के बीच रहने के कारण अभी भी पानी से भयभीत-से थे। हालाँकि उनके अंदर से पानी का भय निकालने के लिए चिकित्सक वहाँ मौजूद थे। ऑस्ट्रेलियाई गोताखोरों के दल में डॉ. रिचर्ड हैरिस ने खतरनाक गुफा में तैरते समय बच्चों के अंदर से भय खत्म करने के लिए पहले उनसे बातें कीं। सभी बच्चों ने गुफा में बहते पानी के बारे में अपने विचार व्यक्त किए। एक बच्चे का कहना था कि अँधेरे में सँकरी-सी जगह में वह पानी से कैसे निकल पाएगा? एक बच्चे को इस बात का डर था कि कहीं गुफा से पानी में तैरते समय वह बेहोश न हो जाए। डॉ. रिचर्ड हैरिस ने हर बच्चे की परेशानी को सुना और कहा, "तुम सब बहादुर बच्चे हो। तुम्हें कुछ नहीं होगा। मैं तुम्हें एक ऐसी दवा दूँगा, जो तुम्हारे अंदर से पानी के भय को कम कर देगी। दूसरा, हम सभी तुम्हारे साथ हैं। हममें से किसी को कुछ हो सकता है, लेकिन तुम्हें कुछ नहीं होगा।" इस तरह की बातों ने बच्चों के मनोबल को बढ़ाने में महत्त्वपूर्ण भूमिका निभाई।

बच्चों को समझाने के बाद उन्हें दवा दी गई, ताकि उनके अंदर से डर कम हो सके। डॉक्टर ने बच्चों के स्वास्थ्य की जाँच की और उन्हें मानसिक रूप से गुफा से बाहर निकालने के लिए तैयार किया। डॉक्टरों की सकारात्मक बातों एवं दवाइयों से बच्चों को बहुत संबल मिला। अब उन्होंने गुफा से बाहर निकलते समय यह भरोसा दिलाया कि वे पानी से बाहर निकलते समय घबराएँगे नहीं और हिम्मत से काम लेंगे। प्रत्येक बच्चे की देखभाल के लिए दो विशेषज्ञ गोताखोर मौजूद थे ही। ऑस्ट्रेलियाई डॉ. रिचर्ड हैरिस ने बच्चों को मानसिक रूप से मजबूत बनाने में बड़ी भूमिका निभाई।

पूरी टीम को एक साथ बाहर निकालना मुश्किल था, इसलिए

एक-एक कर बच्चों को निकालने के प्रयास किए जा रहे थे। एक-एक बच्चे को गुफा से बाहर निकालने में सात-आठ घंटे का समय लग रहा था। बच्चों को मास्क, एयर टैंक एवं आवश्यक सामग्री प्रदान की गई। गुफा में बाहर ले जाने से पहले उन्हें कुछ दिनों तक प्रशिक्षित किया जा चुका था। हालाँकि बच्चों का इतनी जल्दी प्रशिक्षित होना मुश्किल था, लेकिन फिर भी, बच्चों ने अपनी तरफ से पूरी कोशिश की थी। चिआंग राय प्रांत में स्थित थाम लुआंग गुफा में इस समय जल-भराव के कारण बाहर निकलने का केवल एक ही मार्ग गोताखोर अभी तक बना पाए थे। गुफा में गंदे पानी और तेज बहाववाली लहरों के बीच से इस मार्ग को पार करना था। कुशल गोताखोरों के लिए भी यह कार्य बेहद मुश्किल था। ऐसे में 11 से 16 सोलह वर्ष के अकुशल बच्चों के लिए यह कितना कठिन रहा होगा, इस बात को समझा जा सकता है। गुफा का मार्ग खतरों से भरा हुआ था। उस गुफा के अंदर मार्ग पतला और कई मोड़ों वाला था, जिससे होकर गुजरना वाकई बेहद दुष्कर कार्य था। बच्चों ने हिम्मत जुटाकर इस कार्य को विशेषज्ञों की देख-रेख में अंजाम देने का निर्णय कर लिया था। वे गुफा के पानी और सँकरे रास्तों से होते हुए बाहर की ओर जाने लगे। उन पलों को व्यक्त करना बेहद मुश्किल था। आखिर बच्चों के साथ ही गोताखोरों का कठिन समय पार हुआ। गुफा के मुहाने पर बच्चों के आने की खबर सुनते ही हर ओर खुशी एवं प्रसन्नता की बौछारें फैल गईं। खुशी एवं प्रसन्नता की बौछारें मानो वर्षा की बौछारों को चुनौती देते हुए कह रही थीं कि तुम कितनी ही शक्तिशाली हो, लेकिन इस समय तुम्हारी शक्ति के आगे खुशी की बौछारें जीत चुकी हैं।

चार बच्चे सुरक्षित तरीके से गुफा से बाहर आते हुए नजर आए। उन सभी ने लगभग सोलह दिनों से सूरज की रोशनी को नहीं देखा था। वे इन दिनों लगातार अंधकार में रहे थे। ऐसे में रोशनी में उनकी आँखें सहज नहीं हो पा रही थीं।

माता-पिता अपने बच्चों की एक झलक देखने को आतुर थे। वहाँ भारी भीड़ उमड़ने लगी थी। यह देखकर बचावकर्मियों ने वहाँ उपस्थित भीड़ से निवेदन किया कि वे उन्हें सहयोग प्रदान करें और बच्चों के आस-पास भीड़ न लगाएँ। इस समय बच्चों को खुले वातावरण के साथ ही इलाज की आवश्यकता थी। भीड़ ने बचावकर्मियों की बात का आदर किया और धीरे-धीरे वह स्थान खाली हो गया।

स्थान खाली होने पर बचावकर्मियों ने माता-पिता को बच्चों की झलक दिखलाई। माता-पिता अपने बच्चों से बात करने को बहुत आतुर थे। लेकिन इस समय यह संभव न था। बचावकर्मियों ने कहा कि बच्चों के इलाज के बाद उनसे बातें की जाएँ तो यह सबके लिए सही होगा।

बचावकर्मियों की बातें सुनकर माता-पिताओं ने नम आँखों से उन सभी का धन्यवाद किया। बच्चों की हालत देखकर उन्हें हेलीकॉप्टर की मदद से चियांग राय शहर के अस्पताल ले जाया गया। वे कई दिनों तक अंधकार भरी गुफा, कीचड़ और ठंड में भूखे-प्यासे रहे थे, इसलिए उनमें संक्रमण फैलने की आशंका थी। उन्हें जल्दी से अस्पताल ले जाया गया और वहाँ पर उनके स्वास्थ्य की जाँच की गई।

चार बच्चों को निकालने के बाद कुछ देर के लिए बचाव अभियान को रोक दिया गया। बचाव अभियान को दोबारा से आरंभ करने के लिए गोताखोरों एवं गुफा में उपस्थित सभी व्यक्तियों के लिए अतिरिक्त ऑक्सीजन एवं जरूरी उपकरणों की आवश्यकता थी। उन सभी की आपूर्ति के लिए तेजी से प्रयास किए जा रहे थे। गुफा में फँसे बाकी बच्चों को जल्दी निकालना भी जरूरी था, क्योंकि अधिक दिन रहने के कारण उनमें तेजी से संक्रमण फैलने की आशंका थी।

## डॉ. रिचर्ड हैरिस का योगदान

डॉ. रिचर्ड हैरिस एक जाने-माने डॉक्टर हैं। वे एक विश्व-प्रसिद्ध गोताखोर और चिकित्सक के रूप में जाने जाते हैं। उन्होंने ही थाईलैंड की फुटबॉल टीम की देख-रेख की थी। रिचर्ड हैरिस घटना के दौरान

अवकाश पर थे; लेकिन जैसे ही मीडिया में यह समाचार फैला कि थाम लुआंग गुफा में बच्चे फँस गए हैं और लगातार भूख, प्यास, अंधकार एवं ठहरे हुए पानी में रहने के कारण वे गंभीर रूप से बीमार हो सकते हैं तो डॉ. रिचर्ड ने जिम्मेदारी को सर्वोपरि समझते हुए अपने अवकाश को रद्द करने का निश्चय किया। अवकाश रद्द करने के बाद वे अपने कर्तव्य को पूरा करने के लिए खतरनाक मिशन पर निकल पड़े। एक डॉक्टर का कर्तव्य होता है कि जब रोगी को उसकी बेहद जरूरत हो तो वह तुरंत उन्हें अपनी सेवाएँ प्रदान करे। मानवीयता भी यही सिखाती है कि व्यक्तियों को एक-दूसरे के मर्म को समझते हुए एक-दूसरे की सहायता करनी चाहिए और पर-पीड़ा को अपनी पीड़ा समझते हुए दूर करने का प्रयास करना चाहिए। डॉ. रिचर्ड हैरिस ने इस समय खतरनाक मिशन का हिस्सा बनकर गुफा में जाने का फैसला किया। वे अपनी जान जोखिम में

डालकर थाम लुआंग गुफा में गए और वहाँ पर सभी बच्चों एवं कोच की जाँच की, उन्हें मानसिक रूप से संबल प्रदान किया और दवाइयों के माध्यम से उनकी शारीरिक व मानसिक पीड़ा को कम किया। वे एक एनास्थेटिस्ट मेडिकल टीम का हिस्सा थे। उन्होंने 4 किलोमीटर की यात्रा करके बच्चों की फिटनेस की जाँच की। सभी बच्चों को गुफा से सकुशल निकालने के बाद अस्पताल में आवश्यक जाँच के लिए भरती करा दिया गया था। इसके बाद डॉ. रिचर्ड हैरिस गुफा से बाहर निकले; लेकिन जहाँ सभी बच्चों एवं कोच को बचाने की खुशी में पूरा विश्व खुशियाँ मना रहा था और डॉ. रिचर्ड हैरिस के साहस की सराहना कर रहा था, वहीं रिचर्ड के गुफा से बाहर आते ही एक बेहद दुःखद समाचार उनकी प्रतीक्षा कर रहा था। उन्हें समाचार मिला कि उनके पिता अब इस दुनिया में नहीं रहे। एक खतरनाक मिशन को पूरा कर के लौटने के बाद डॉ. रिचर्ड हैरिस थकान से चूर थे। वे अपनी थकान के चिह्नों को मिटा भी नहीं पाए थे कि पिता की मौत के दुःखद समाचार ने उन्हें भावुक कर दिया। वे अपने पिता के साथ बिताए गए पलों को याद कर स्वयं पर काबू न रख सके। ऐसे नाजुक समय में हर हाथ उनके दुःखद पलों को साझा करने के लिए तैयार थे।

इस समय पूरा विश्व डॉ. रिचर्ड हैरिस की कर्तव्य-निष्ठा एवं समर्पण की सराहना कर रहा था, जिन्होंने अपने कार्य और सेवा के आगे सबकुछ न्योछावर कर दिया था।

### डॉ. क्राइग कालेन का योगदान

डॉ. क्राइग कालेन डॉ. रिचर्ड हैरिस के सहयोगी थे। वे भी अत्यंत अनुभवी गोताखोर एवं चिकित्सक हैं। वे पर्थ में गुफा गोताखोरी के विशेषज्ञ हैं। वे एक ऐसे तकनीकी गुफा गोताखोर हैं, जो मजबूत-से-मजबूत गुफा में से भी सुरक्षित बाहर निकलना जानते हैं। उन्हें 20 वर्षों से भी अधिक समय का गोताखोरी का अनुभव है। कठिन-से-कठिन परिस्थितियों में धैर्य और विश्वास के साथ हौसला बनाकर कार्य करना उनकी खूबी है।

## सत्रहवाँ दिन—बड़ी सफलता का दिन

### 9 जुलाई, 2018

9 जुलाई की सुबह बचावकर्मियों ने निश्चय कर लिया था कि आज भी कुछ बच्चों को गुफा से बाहर निकालना होगा। इसके लिए गोताखोरों के पास सभी तरह के आवश्यक उपकरण पहुँचाए गए। अब तक बच्चे भी कुछ दिनों से अपने इर्द-गिर्द सभी लोगों को देख रहे थे, इसलिए उनके अंदर से डर कम हो गया था। उनके माता-पिता तक भी उनके संदेश पहुँच गए थे और उन्हें पता था कि विश्व के दिग्गज लोग उन्हें बचाने के लिए वहाँ उपस्थित हैं। अब तक बच्चों को एयर टैंक को सँभालना, थोड़ी-बहुत गोताखोरी एवं कई अन्य बातें पता चल गई थीं। दूसरे, उनके कुछ साथियों को सही-सलामत निकाले जाने से उन सभी का आत्मविश्वास बढ़ गया था। कोच एकापोल च्वांगतोंग की जितनी सराहना की जाए, कम थी। उन्होंने कम उम्र होने पर भी एक जिम्मेदार संरक्षक की भूमिका निभाई थी। उन्हें अपने से ज्यादा बच्चों को सुरक्षित बचाए जाने की चिंता

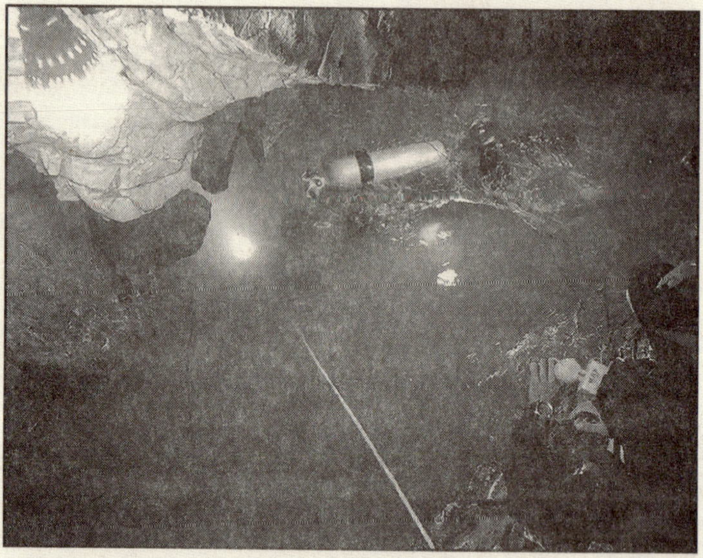

थी। वे बार-बार सभी गोताखोरों एवं चिकित्सकों से बच्चों की सुरक्षा के लिए बातें भी कर रहे थे। गुफा से बाहर माता-पिताओं ने भी एकापोल के साहस और धैर्य की बहुत सराहना की थी। जब कोच एकापोल ने इस दुर्घटना का पूरा जिम्मेदार स्वयं को ठहराया था, तब सभी अभिभावकों ने कोच एकापोल के पास यह संदेश भिजवाया था कि वे स्वयं को दोषी न समझें। अभिभावकों की इन बातों से एकापोल को बहुत राहत मिली थी और उन्होंने वादा किया था कि वे सभी बच्चों को सुरक्षित गुफा से बाहर निकालने के लिए अपना सर्वस्व समर्पण कर देंगे। उन्होंने अपनी कही गई बात को साबित भी करके दिखा दिया था। चार बच्चों के जीवित बाहर निकलने के बाद अब अन्यों को जीवित निकालना था। कोच एकापोल तो इसके बाद से बेहद उत्साहित होकर सभी की सलामती की दुआ कर रहे थे। अब चार अन्य लोगों को निकालने की बात आई। चार बच्चों को चुनने के बाद कोच एकापोल गोताखोरों के साथ उन्हें मानसिक रूप से मजबूत बनाने में लगे रहे।

इस समय उसके चेहरे पर एकाग्रता, शांति एवं प्रेम के भाव थे। एकापोल की हिम्मत ने पूरी दुनिया के सामने उन्हें एक हीरो की तरह प्रस्तुत किया था। सभी बच्चों को एयर टैंक दिए गए, ताकि उन्हें ऑक्सीजन की कमी का सामना न करना पड़े। चिकित्सकों ने बच्चों की अच्छी तरह से जाँच की तो उन्हें कमजोर एवं स्वस्थ पाया। गोताखोरों ने बच्चों को निर्देश दिए कि गुफा से बाहर निकलते समय उन्हें कमजोर नहीं पड़ना है और हर स्थिति में सकारात्मक विचारों के साथ ही हिम्मत के साथ ध्यान करते हुए सुरक्षित बाहर निकलना है। इसके साथ ही उन्होंने गुफा से बाहर निकले पहले चार बच्चों के बारे में बताया कि उन्होंने बेहद होशियारी के साथ गुफा से बाहर निकलने में उनका पूरा सहयोग दिया था। यह सुनकर बच्चे गोताखोरों के निर्देशानुसार कार्य करने के लिए तैयार थे। पूरी तैयारी के बाद उन्हें गुफा से बाहर निकाला गया। हर बच्चे के आगे और पीछे पहले की ही तरह एक-एक गोताखोर थे। ये सभी गोताखोर खतरनाक-से-खतरनाक परिस्थितियों में बाहर निकलना जानते थे। अपने आगे-पीछे गोताखोरों को देखकर बच्चों को अंदरूनी ताकत प्राप्त हुई। उनके अंदर जल्दी-से-जल्दी गुफा से बाहर निकलकर अपने माता-पिता से मिलने की उत्कंठा थी। सीलन, दलदल और अंधकार से भरी गुफा में बच्चे गोताखोरों के साथ थाम लुआंग गुफा से बाहर निकले।

उन्हें निकालने में भी काफी मुश्किलें सामने आईं। आखिरकार संकल्प और जीवन की जीत हुई और बाधाओं को हारकर वापस लौटना पड़ा। जैसे ही चार और बच्चे गुफा के बाहर की ओर नजर आए, हर ओर खुशी की लहर दौड़ गई। चार और बच्चों को सकुशल देखकर सब की साँसें तेज हो गई थीं। वहाँ उपस्थित लोगों की खुशी के स्वर मीडिया के स्वर से मिल गए। मीडिया के माध्यम से पूरे विश्व तक यह खबर फैल गई कि आठ बच्चों को गुफा से सुरक्षित बाहर निकाला जा चुका

है। कोच को मिलाकर पाँच और लोगों को गुफा से बाहर निकालना अभी बाकी था। दुआओं और प्रार्थनाओं का जोर हर ओर था। जो अभिभावक अपने जीवित बच्चे का नाम सुनते तो यकायक ईश्वर के साथ ही वहाँ उपस्थित लोगों के प्रति कृतज्ञता व्यक्त करना न भूलते। उन चारों बच्चों को भी जल्दी से हवाई जहाज के द्वारा अस्पताल पहुँचाया गया।

जो बच्चे सत्रह दिनों से लगातार रोशनी एवं सामान्य खान-पान से वंचित थे, उन्हें इसे समय सबसे अधिक आवश्यकता इलाज की थी। माता-पिता अपने बच्चों की एक-एक झलक पाकर एक अद्‌भुत संतोष से भर गए। अस्पताल पहुँचते ही उनका भी तेजी से इलाज करना आरंभ किया गया। अस्पताल में पहुँचने के बाद तो अब वे सभी सुरक्षित थे। अब गुफा से अंतिम पाँच लोगों को निकालने के लिए मिशन जारी था। इस मिशन को कामयाब बनाने में विश्व के गोताखोर, चिकित्सक, बचावकर्मी अपना सर्वस्व समर्पित करने के लिए तैयार थे।

## अठारहवाँ दिन—सभी लोग सकुशल जीवित निकले

### 10 जुलाई, 2018

10 जुलाई का दिन विश्व में स्वर्णाक्षरों में अंकित हो गया। इस दिन थाईलैंड की थाई नेवी सील और विभिन्न देशों के महान् गोताखोरों, चिकित्सकों एवं स्वयंसेवकों ने आपदा को परास्त कर मानवता पर विजय पाई थी। यह विजय स्वर्णाक्षरों में रेखांकित किए जाने लायक ही थी।

थाई नेवी सील के सुपाचा तनासंसकोर्न ने अन्य गोताखोरों से बात की। उन्होंने देखा कि पानी का स्तर फिर से बढ़ने लगा था। ऐसे में जल्दी ही अन्य लोगों को बचाए जाने के लिए तीव्र गति से कार्य करना आवश्यक था। इस समय गुफा में गोताखोरों के साथ सर्वश्रेष्ठ गोताखोर व डॉ. रिचर्ड हैरिस मौजूद थे। सभी बच्चों की जाँच करने के बाद उन्हें गुफा से निकालने के लिए तैयार किया जाने लगा। सभी बच्चों एवं कोच को आवश्यक उपकरण प्रदान किए गए। उन्हें बताया गया कि उपकरणों के माध्यम से किस तरह उन्हें साँस लेनी है और अन्य उपकरणों का किस तरह से प्रयोग करना है। सभी बच्चों को व्यावहारिक रूप से उन उपकरणों के बारे में

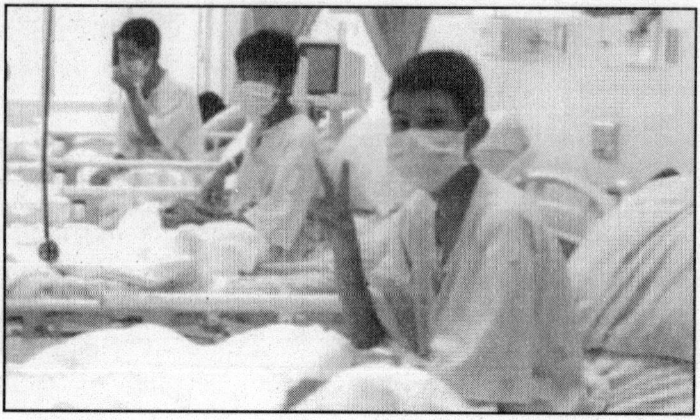

समझाया गया। डॉ. रिचर्ड हैरिस ने बच्चों एवं कोच की जाँच की। गुफा में सीलबंद खाद्य सामग्री एवं दवाएँ उपलब्ध थीं। अब बस, यह पूरी टीम बड़ी सफलता से कुछ ही कदम दूर थी। इन चारों बच्चों एवं कोच को गुफा का सँकरा, अंधकार और दलदल से भरा सफर विशेषज्ञ गोताखोरों के साथ पूरा करना था। गोताखोरों ने बच्चों को आश्वासन दिया हुआ था कि उन्हें घबराने की आवश्यकता नहीं है। वे सकुशल अपने माता-पिता के पास पहुँच जाएँगे। बस, गुफा से बाहर निकलते समय उन्हें अपने अंदर से हर तरह के भय को निकालना होगा और अपने मन-मस्तिष्क को मजबूत बनाना होगा। गुफा में ऑक्सीजन का प्रबंध करने के बाद वहाँ ऑक्सीजन का स्तर लगातार कम होता जा रहा था। बच्चे एवं कोच सलाहकारों की बात मानकर उनके हर आदेश का पालन कर रहे थे। उनके साथ विश्व के दिग्गज इस समय उपस्थित थे, इसलिए भय बहुत कम हो गया था। बच्चों को साँस लेनेवाले उपकरण प्रदान किए गए। उन्हें बताया गया कि किस तरह से उन्हें गोताखोरों के साथ सावधानीपूर्वक गुफा से बाहर निकलने का प्रयत्न करना है। अभी भी एक बच्चे के बचाव के लिए दो विशेषज्ञ गोताखोर उनके साथ थे।

वाइल्ड बोर्स टीम के आखिरी पाँच बचे सदस्यों को बाहर निकालने

का मिशन आरंभ किया गया। गोताखोरों ने उन्हें अपने साथ लिया और गुफा से बाहर निकलने की दिशा में मुड़ चले। बच्चों के हृदयों की धड़कनें कुछ बढ़ी हुई थीं। गोताखोरों के आश्वासन पर वे सही मुद्रा बनाकर गुफा से बाहर निकलने के लिए तैयार थे। यह काम बेहद जोखिम भरा था। इस जोखिम पूर्ण कार्य को सभी को साहस के साथ पूरा करना था।

बच्चे एवं कोच गोताखोरों के साथ अँधेरी एवं खतरनाक गुफा से धीरे-धीरे बाहर की ओर आ रहे थे। उधर, गुफा के मुहाने पर विभिन्न देशों के विशेषज्ञ, स्वयंसेवक और अनेक दल साँस थामे खड़े हुए थे।

कई घंटों के प्रयासों के बाद आखिर गुफा के मुहाने पर खड़े लोगों की आँखों में चमक के चिह्न उभरे। नौवाँ बच्चा सकुशल बाहर आया, फिर दसवाँ...ग्यारहवाँ, फिर बारहवाँ...और आखिर में कोच एकापोल भी सही-सलामत गोताखोरों के साथ बाहर निकल आए।

शिथिल बच्चों एवं कोच ने अपने-अपने संबंधियों के चेहरे देखे। मुसकान के साथ अभिवादन किया और फिर उन सभी को सुरक्षा एवं स्वास्थ्य की दृष्टि से अस्पताल ले जाया गया।

सबकी जाँच करने के बाद डॉक्टरों ने कहा कि बच्चे स्वस्थ हैं। कुछ बच्चों में संक्रमण एवं निमोनिया के चिह्न पाए गए हैं, लेकिन नियमित इलाज से कुछ ही समय में बच्चे पूर्ण स्वस्थ हो जाएँगे और अपने-अपने घरों में जा पाएँगे। माता-पिता तक को उनसे मिलने की इजाजत नहीं दी गई। लेकिन इस समय माता-पिता बेहद संतुष्ट थे; क्योंकि उन्हें मालूम था कि बच्चे मौत से संघर्ष करके मौत को हराकर लौटे हैं—एक नए जीवन के साथ, एक नई आशा के साथ।

□

# उपसंहार

जब जिंदगी मौत पर विजय पाती है तो मनुष्य के साहस और आत्मविश्वास में वृद्धि हो जाती है। जीवन से बड़ा कुछ नहीं होता। हर बड़ी समस्या भी तभी तक समस्या है, जब तक जीवन है। जीवन खत्म तो सबकुछ खत्म। यहाँ जीवन जीत गया था और मौत को गुफा के मुहाने तक आकर खाली हाथ लौट जाना पड़ा था। मौत भरसक प्रयत्न करके भी बस, एक समर्पित गोताखोर समन कुनान को अपने साथ ले जाने में सफल रही थी; लेकिन नन्हे बच्चों के साथ ही जिम्मेदार एवं मेहनती लोगों की टीम ने मौत को इस बात का एहसास करा दिया था कि यदि विपत्ति में मनुष्य धैर्य, प्रेम, साहस, समर्पण और सूझ-बूझ के साथ काम करे तो असमय आई मौत को खाली हाथ लौटना पड़ता है। कोच एकापोल, गोताखोर जॉन वोलेंथन, रिक स्टैनन, समन कुनान, डॉ. रिचर्ड हैरिस, डॉ. क्राइग कालेन, एरिक ब्राउन, भारत से किर्लोस्कर ब्रदर्स लिमिटेड के विशेषज्ञ एवं विश्व के अन्य दिग्गज लोगों ने अपने प्रयास, संघर्ष, हौसलों, मेहनत और योग्यता से यह साबित कर दिया था कि जब आप मैदान छोड़ने से मना कर देते हैं, हारने से मना कर देते हैं, बाधाओं का डटकर सामना करने के लिए खड़े हो जाते हैं तो हर मुश्किल को मुँह छिपाकर भागना ही पड़ता है, फिर वह मुश्किल चाहे मौत के वेश में ही क्यों न हो।

सदियाँ बीत जाएँगी, लेकिन 23 जून, 2018 से 10 जुलाई, 2018

तक का इतिहास स्वर्णाक्षरों में नहीं, बल्कि हीरक अक्षरों में लिखा जाएगा। यह इतिहास एक बेशकीमती हीरे की तरह जगमगाता रहेगा और अंधकार में डूबे लोगों को रोशनी की केवल किरण नहीं दिखाएगा, बल्कि ऐसी जगमग फैलाएगा कि अंधकार का कहीं नामो-निशान नहीं रहेगा। व्यक्ति मृत्यु समीप देखकर भी लगातार संघर्ष करता रहे, बाधाओं से जूझता रहे, चुनौतियों के आगे न झुके तो वह अकसर जीत जाता है। नदी की धारा और चट्टान के संघर्ष में जीत हमेशा नदी की धारा की होती है। ऐसा इसलिए नहीं होता, क्योंकि नदी की धारा अधिक ताकतवर होती है, बल्कि इसलिए होता है, क्योंकि नदी की धारा लगन और धैर्य के साथ लगातार बिना रुके संघर्ष करती रहती है। थाईलैंड में घटित यह घटना एक ऐसा मिशन बन गई थी, जिसे पूरा करना इंपॉसिबल था; लेकिन सूझ-बूझ, एकता, साहस और धैर्य ने इस इंपॉसिबल मिशन को पॉसिबल बनाकर इतिहास रच दिया। यह इतिहास आनेवाली अनेक पीढ़ियों को दिशा दिखाता रहेगा और उन्हें बस, एक ही बात पर जोर देने को कहेगा, "कभी भी हार न मानें। संघर्ष करने से पहाड़ को हटना पड़ता है, चट्टानों को कटना पड़ता है और शत्रुओं को मरना पड़ता है।"

□□□